「──危機よ。私たちの人気を奪い、
追い抜いていくかもしれない若い芽が出てきたのよ。
危機でしかないじゃない」
学院放送局結成の報告を受けて!!
も止められるものじゃ
ないでしょ、そういうのって」
JN035167

世界初となる魔法映像を導入した
結婚式企画スタート!!

「では修行を始めましょうか」

凶乱令嬢ニア・リストン 5

病弱令嬢に転生した
神殺しの武人の華麗なる無双録

南野海風

HJ文庫
1155

Contents

口絵・本文イラスト　刀彼方

道場の横に男がいた。

大人でも見上げるほどの、筋骨隆々な巨漢だ。

呼吸を整える。

細く、細く。

体内にある力を揺らさぬよう、器たる肉体を平静に構える。

ゆっくりと力を練り上げる。

最初はこれだけのことに、どれだけの時間を費やしたことか。

何もせずとも汗が吹き出し、身体は疲弊し重くなり、膝が震えてくる。

鍛えられた肉体の内側にある力。

「氣」。

知らない概念であり、知らない技術だった。

そう——昔話に出てくる英雄譚で聞くような。

古来の武術書や秘伝書にある、嘘臭い技や奥義といったもののような。

そんな妄想めいた力だ。

鍛えれば鍛えるほど、昔話が嘘にしか思えなくなる。現実的な武を知れば知るほど、昔の武闘家が残した逸話が信じられなくなる。

だが、「氣」を知って考えを改めた。

きっと、信じられないような逸話に、真実も交じっているのだろう、と。

「――はっ！」

ドン！

充分に練った「氣」を、踏み込んで掌打に乗せて放つ。

ただの掌打。それも素振りだ。

だが、重い。

拳よりも蹴りよりも重い――自分の技のどれよりも強力で、殺傷力の高い掌打だ。

「……出ないな」

重い技の反動で、小刻みに震える手のひら。

それを見ながらガンドルフは呟いた。

目を瞑る。

目蓋の裏に、白髪の少女の姿が思い浮かぶ。

――「いい？　『氣拳・轟雷』は表面破壊を目的とした重い掌打よ。まあ慣れれば拳でも足でも肘でも膝でも出せるけど。型はこう。重要なのは――」

重要なのは踏み込む足の重さ。

地面を踏む力。

理屈で言うと、踏むものが硬ければ硬いほど、掌打に伝わり威力が上がるという。

おかげで建物内では試せないが。下手をすれば床を踏み抜きそうだから。

――師匠の掌打はすごかった。

地面を揺らし、大気を揺らした。

素振りでさえ、その破壊力が危険極まるものだと察することができた。当たったらどうなるかなんて、想像もしたくない。

そこそこ厚い鉄板であっても、簡単に手形を刻んで見せるだろう。

今のガンドルフの「轟雷」に、その威力はない。

鉄板に打てば、自分の腕の方がいかれるだろう。

「遠いな……――おっと」

完成にはまだ遠い。

そして、気が付けば思った以上に時間が経っていた。

「氣」の練りが遅いのだ。もっともっと身体に馴染ませないと、実戦ではまず使えない。咄嗟に出すこともできない。

が、それはさておき。

待ち合わせの時間が迫っている。

ガンドルフは軽く汗を流し、着替えて、学院から出た。

「薄明りの影鼠亭」は、今日も暗がりにひっそり営業している。

まだ夜とも夕方ともつかない微妙な時間、すでに路地裏の安酒場は客も多い。

「――なあアンゼル、最近稼いでるらしいじゃん。店も盛況だしよ。俺にもどっか一枚噛ませろよ」

時々やってくる昔馴染みがカウンターを陣取り、いつも通り絡んでくる。

グラスを磨きながら、店主アンゼルはつまらなそうに答える。

「大して儲かってねぇよ。それに客入りが多いのは安いからだ。忙しいばっかで割に合わねぇよ」

扱っている商品が安酒ばかりなので、客入りの割に利益はあまりない。

それに――。

「あはは！　お客さんお会計忘れてるわよ！」

店員フレッサが嬉々として、こっそりと店を出て行った客を追っていった。

また食い逃げならぬ呑み逃げだ。

久しぶりの愚行のため、フレッサは楽しそうだ。

――ウェイトレスに逆らうな、逃げられると思うな。

ここらではとっくに広まっている、この店の暗黙の了解なのだが。

「あーあ。この店でやらかすなんて命知らずだな」

昔馴染みは、アンゼルもフレッサも知っている。昔馴染みだけに二人の本職も知っている。

「安い酒代くらい払えっての。おまえも早く払って帰れよ」

「来たばっかだろ。追い出そうとすんなよ」

「酒一杯で粘られてもな。一応少し高い酒もあるんだぜ。注文しろよ」

「これから仕事だから酔うほどは呑めねぇ」

ここでアンゼルは、カウンターに肘をついて身を乗り出す。

「――最近なんかあったか？」

その低く抑えた声に、昔馴染み……ナスティンは酒を舐めて呟く。

「ない。平和ボケのアルトワール日和だ」

「そうか。よかったじゃねぇか」

「少し退屈だけどな。でもまあ俺は荒事専門じゃねぇし、落ち着いて金勘定できるのが一番いい。それで？　そっちはなんか面白い話あるか？」

「面白い話か」

ここは酒場。確証のない噂話には事欠かない。

特に客層がチンピラばかりなので、本当にくだらない噂話が山ほどある。

その中で面白いと思ったものは、アンゼルも覚えるようにしている。が、まあ、本当にくだらなくてつまらない、覚える価値もなさそうな噂が多いが。

フレッサ辺りは楽しんでいるようだが、アンゼルは少々閉口気味だ。

「あくまでも噂だが、魔法薬の治験でヤバイ副作用が出たとか、地下下水路に幽霊が出るとか、クソデカいコウモリを見たとか。俺が気になったのはこれくらいだ」

あとはどこそこの女がどうとか、舞台女優の誰それがいいとか、気に入らない奴を襲う話だとか、この酒場を制圧してやろうと堂々と密談する奴らとか。まあ最後のはフレッサが締め上げていたが。フレッサがやらなかったらアンゼルがやっていたが。さすがに。

「ふうん。いまいち興味が湧かねぇな」

「そうだな。俺も調べたいと思うほど興味はねぇ」

と、二人がつまらない噂話をしたところで、奥から人がやってきた。

「――アンゼル君、代わるよ」

細くて長身の、品の良さそうな老人である。

彼もアンゼルの昔馴染み、ギース・バイツという男である。高齢となり荒事や裏社会から一線を退いた、今や気楽な隠居老人である。

そして今はアンゼルが雇ったバーテンダーだ。

裏社会を生き抜いてきただけに、荒事方面にも強いし度胸もある。だからこそ、こんなチンピラばかりの酒場を任せられる。

「あと頼むよ、ギースさん」

代わりが来たので、アンゼルは上がりだ。

「おや、ナスティンか」

「お久しぶりです、ギースさん」

「こんなところで呑んでていいのか？」

「馴染みの店に金を落としに来たんですよ。ギースさんは？　酒場の仕事には慣れた？」

「まあまあだな」

そんな会話を背中に、アンゼルは簡単にまとめた荷物を持って店を出た。

港に向かい、セドーニ商会の船に乗り、約束していたガンドルフと合流する。

「――始めるか、アンゼル」

「――ああ」

ちょっと広めの部屋を借り、言葉少なに向かい合う。

お互い裸なのは、これから大量の汗を掻くからだ。

「っ！」

いつの間にか鉄パイプを握り、予備動作もなく殴り掛かるアンゼル。

「くっ！」

想像より速く、見た目以上に重い攻撃。

ガンドルフは受けるだけで精一杯だが、しかし、それでも一発もまともに入っていない。

ただの組み手である。

ただし、「氣」が込められると、非常に危険なそれへと変じる。

お互い「氣」が途切れたら終わりだ。

防御しても骨くらい砕けるし、逆にアンゼルの攻撃が「氣」を欠いたら攻撃を撥ね飛ばされる。そして必ずガンドルフが反撃を仕掛けてくる。

見た目も激しいが、見た目通り危険でもある。

しかし未熟な「氣」を実戦レベルまで高めるには、やはりこれが一番手っ取り早い――と、アンゼルとガンドルフは結論を出した。

これから十億クラムを稼ぐため、狩りに行く。

目的の浮島に到着するのは、明日の明け方くらいだろう。

訓練し、しっかり休み、それから狩りだ。

強くなることに夢中な二人は、時間を忘れて組み手を続けた。

第一章　進級試験、それから

飛行皇国ヴァンドルージュからアルトワール王国に戻ると、すぐに三学期が始まった。

冬休みの出稼ぎは、無事成功した。

行きに乗った例の高速船に帰りも乗れたので、少しだけ余裕のあるスケジュールでアルトワールに戻ることができた。まあ一日二日程度だが。

出稼ぎによる最終的な収入は、一億八千万クラムとなった。

移動中に遭遇した飛行烏賊と、それに襲われている飛行船関係の謝礼で一千万が加算され、それからセドーニ商会から寄せられた注文通りに魔獣を狩ったということで色を付けてくれて、切りよく一億八千万である。

当初の理想は三億クラムだったが、結果は半分を少し超えたくらい。

残念な反面、稼げた金額を考えると、やや現実味は出てきたと思う。

目標の十億クラム、手が届きそうだ。

まだ先の話だが、次の長期休暇……春休みは短いから無理だろうか。夏休みかな。

きっと去年同様、撮影スケジュールがぎっちぎちに詰め込まれるとは思うが。これでもかこれでもか、まだ入るだろうまだ入るだろう、と。あの憎きベンデリオが隙間なく仕事を詰め込んでくるとは思うが。

それでも十日以上の時間は確保できるよう交渉したい。それだけの時間があれば、残りを一気に稼げそうだしな。

夏までは時間があるので、それまでに入念な準備をしよう。

また狩猟計画を立てるのがいいだろう。十日以上もあるならば、高額魔獣のみを狙って狩っていき、国をまたいで活動するのもいい。

いっそセドーニ商会に相談して、残り八億弱を稼げる強気な旅行プランを立ててもらう、というのも手ではある。

まあ、この辺のことはまたリノキスと相談するとして。

三学期も、私の日常は慌ただしかった。

同じクラスだけにレリアレッドとは毎日会っているが、お互い魔法映像関係で忙しく、集まってまで話すようなことはない。

学年の違うヒルデトーラは特に顕著で、三学期中はほとんど会えなかった。

彼女待望の企画「料理のお姫様」が、非常に順調だからだ。

この前偶然会って少し話したが、最近は「料理のお姫様」の撮影で忙しいのだとか。撮影がない日も料理修行に時間を費やしているそうで、番組への意欲が窺える。

今は魚をさばくのが楽しいそうだ。好きな食べ方は焼いて塩だけ。飾らないし構えないシンプルさがいいらしい。

――「これは秘密なのですが、ニアにだけ教えてあげましょう」

彼女の耳打ちによると、夏に視聴者参加型の大型企画の予定があるらしい。

どこぞの漁村のお祭りに参加し、とれたての海の幸を料理して、多くの一般人に振る舞うのだとか。

やはり長期休暇ともなれば、大掛かりなことをしたいよな。撮影ではないが、私もまた出稼ぎに行きたいしな。

――「ニアも参加していいのですよ？」などと誘われもしたのだが。

正直、結構本気で興味はあるのだが、優先順位が落ちるのだ。

最優先はリストン領の撮影スケジュール。

これだけはどうしても外せない。ベンデリオを殴ることはあってもすっぽかす気はない。

次に出稼ぎだ。

今度の夏で五億くらいは稼がないと、十億クラムには届かないと思う。本腰を入れてやらなければならない。

ヒルデトーラの誘いに応じるか否かは、その次になってしまう。

リストン領の撮影はある程度調整できるが、出稼ぎのスケジュールは動かしづらい。そもそも動ける日がどれだけ捻出できるかもわからない。

十日以上は欲しいが、去年の夏のスケジュールを考えると、貰えるかどうか……数日の休みを捻出するだけでも大変だったからな。

「スケジュールが合えばぜひ」とだけ答えて、その場は別れた。

あれ以来会っていない。

あ、そう言えば。

――「ねえニア。ニアのあのエピソード、詳しく教えてくれない？」

奇しくも、ヒルデトーラと会ったのは、レリアレッドにふざけたことを言われたのと同じ日だった。

「なんのエピソード？」と問うと、「あの病気から復帰した話よ」と彼女は答えた。

――「あの話、うちで紙芝居にしていたたたたたたっ」

とりあえず握っておいた。

そして言っておいた。

——「それ、やるとしたらリストン領でやるから」と。

レリアレッドめ。

余念なく受けそうな物語を探しおって。油断ならない奴だ。もう小遣いもやらん。やったことないけど。


年度末ということで、片付けなければいけないことも案外多かった。子供も大変である。

そんなこんなで、気が付けば進級試験の日がやってきた。

これが終われば春休みで、それから二年生に進級ということになる。

「——お嬢様、頑張って！　ちゃんと直前にトイレを済ませて、落ち着いて、二回は問題を読み返して、ちゃんと問題文を理解して考えるんですよ！　時間が余ったら問題と答えを読み返すのがコツです！　時間が残ってるからって寝てしまったり、答案の裏に絵を描いたりしちゃダメですからね！」

「はいはい」

何度も何度も、最近は毎日のように言われているリノキスの諸注意。小言。

もはや覚えてしまったそれに、私はおざなりに返事をして部屋を出た。

今日ばかりは静かで、どことなく緊張した空気が満ちている。いつもはにぎやかな貴人用の女子寮であっても、子供ばかりゆえに活気があるんだがな。

春間近の昨今、寒さの中に混じるこの空気は、決して良い感情のものではない。

それもそうだろう。

今日は進級試験の日だから。

学院で一年間学んだことをちゃんと覚えているかどうか、ちゃんと学習しているかどうかを確かめる、という勝負の日だから。

小学部は、いかな点数を取ろうと進級は問われない、とは言われているが。

しかし、ペナルティがないわけではない。

もし一定の点数を下回った場合は、次の学年では「補習」という追加の授業が行われるそうだ。つまり授業時間が増えるってわけだ。一年間ずっと。

なんて恐ろしい規則だろう。

そうなれば、放課後の武術教室だの研究室通いだのの活動は、全面禁止となってしまうとか。

――しかしまあ、なんだ。

頭に自信がない私だが、あまり心配はしていない。

もはや憎しみしかない宿題という名の魔物が、常に私の背を追ってきたおかげで、それなりに学習はできているのだ。

数字だって七桁までなら両手の指を使ってかろうじて計算できるし、歴史で学んだ建国記だってそこそこ覚えた。シルヴァー領の紙芝居でやった「アルトワール建国物語」を筆頭に、この国の歴史に密接した物語がいくつか放送されたせいか、意外と頭に入っている。

この分なら大丈夫だろうと、兄やリノキスのお墨付きも得ている。

ここ最近はリノキスの圧が強くて逆らえず、しっかり予習復習もしていたし、気後れする必要はない。はずだ。……たぶん。

………。

あれ？　いよいよだと考えたら、なんだか腹が痛くなってきたような………出ないと思うが、念のためにトイレに行っておこう。

進級試験が終われば、春休みだ。

春休みは短いし、新年度の準備もある。

その上、ベンデリオの奴めが今回も地獄の撮影スケジュールを組んでいるはずなので、出稼ぎの時間は捻出できないだろうと諦めた。

さすがに春休みは動けないと思う。

ゆえに、夏休みへ期待するのである。

……王様は「一年掛けて武闘大会を広める」と言っていた。

念のために、そろそろこちらの状況を報告しておいた方がいいかもしれない。

今いくら貯まったとか、実現できそうかどうか、とか。王様だって動き出すタイミングを窺っているだろうしな。ここらで一度意思疎通を図りたい。

――と、解けない問題を前にそんなことを考え逃避しながら、試験の時間は無情に過ぎていくのだった。


しかし、現実は予定通りいかなかった。

そう、予定とは優先順位の高いものが入れば、たやすく覆るものだ。

――「次の機会」だの「今度会ったら」だのと、軽く交わした彼らとの約束が果たされる時が、予想外の早さでやってきたのである。

春休み、私たちは再び飛行皇国ヴァンドルージュへ行くことになった。

◆

進級試験が終わり、あと数日で春休みという学期末のある日。

「お嬢様。ヒルデトーラ様がお見えです」

放課後、今日も疲れた頭を乗せて寮に戻り、自室で手紙をしたためていた時のこと。

ノックの音に対応したリノキスが、まさかの来客の名前を告げた。

本当に、まさかという感じである。

なんというタイミングの良さだ。実に好都合だ。

「通して」

リノキスに指示を出すと、すぐに金髪の女の子が部屋に入ってきた。

「ごきげんようニア。急に来てごめんなさい」

「気にしないで。私もヒルデに用があったから」

ヒルデトーラとは、三学期はほとんど会わなかった。学年が違うのもあるし、お互い忙しかったというのもある。

忙しいのはいいことだ。物事が順調に進んでいるってことだからな。

「わたくしに何か用事でも？」

「ええ。今書いている手紙を王様に渡してほしいの」

本当にいいタイミングだった。

こうして会えなければ、明日か明後日にはこちらから会いに行っていたはずだ。

「王様に、……ということは、例の十億クラムの報告かしら？」

うむ。

ヒルデトーラと十億の話をするのは、去年の夏の浮島旅行以来である。彼女は王様から直々に、私と王様のつなぎ役にと命じられていた。

「もしかしてちょっと待ってた？」

私の向かい、リノキスが引いた椅子にヒルデトーラは優雅に腰を下ろす。

「そうですね。あれから一度もこの話題が出なかったので、気になっていましたわ。――拝見しても？」

テーブルにある書き終わった一枚目の便箋を見ている彼女に、特に隠すようなことはないので渡しておく。

「……えっ。約二億も調達したんですか？」

「ええ。その報告をした方がいいと思って」

あの王様が読むことを考えて、内容は無駄を省いて簡潔にしてある。

一枚目は、今セドーニ商会に預けてある資金の総額。

二枚目は、次の夏休みの終わりまでに稼げそうな予想額と、稼ぐペースの伺いを立てることにしている。

いつまでにいくら必要か相談したいわけだ。

十億きっちり稼ぐまで企画が動かない、というわけではない。

準備だけなら一億もあれば始められるはずだし、いつまでにいくらずつ必要になるのかがわかっていれば、稼ぐペースを調整できる。一つ一つノルマをこなすように効率的かつ無駄なく、そして無理なく活動できると見越したのだ。

その辺の意見を聞きたいわけだ。

今すぐにでも企画が動かせるのなら預けている金を使っていいよ、というこちら側の許可も添えて。

「どうやって稼いだのですか?」

「冒険家リーノ。知らない? 今アルトワールではすごく有名だけど」

「え? ええ、名前だけは……」

「彼女」

私でも滅多に飲めない、高い茶葉で紅茶を入れているリノキスを指差す。

「冒険家リーノって、私の侍女のことなの。彼女に稼いでもらっているの」

「……そうですか」

すごく驚いているヒルデトーラからは、それだけだった。

「まあ……色々と事情がありそうですし、これについてはわたくしからは何も言わないことにします。もちろん他言もしません」

言いたいことは色々あるんだろうな。

冒険家として活動しているのになぜ侍女をやっているのか、とか。侍女として働くより冒険家に専念した方が稼げるだろうになぜ、とか。

その辺の疑問を飲み込んでの「何も言わない」宣言だ。

「秘密にしておいてね」

どうやって稼いだか。

王様にも同じ質問をされた場合を考えて、ヒルデトーラには一応教えておくことにしたのだ。

レリアレッドはいまいち怪しいが、ヒルデトーラは上流階級。それも最たる王族だ。

貴人社会は足の引っ張り合いも日常茶飯事。不用意に秘密を漏らせばいろんな不利益が、あるいは己の立場が揺らぐ可能性だってある。そのことをよく知っているはずだ。

彼女に限っては、誰彼構わず触れ回ることはないだろう。

「それで、ヒルデはどうしてここに来たの？　お茶を飲みに？」

「あ、そうそう。色々と先に驚かされたせいですっかり忘れていました」

と、彼女は便箋をたたんでテーブルに置いた。

「実は、わたくしもお兄様から手紙を預かってきたのです」

偶然ってあるものですね、と。ヒルデトーラは上着の内ポケットから、飾り気のない白い封筒を出した。

ほう、お兄様から手紙。

確かに偶然とはあるものだな。ヒルデトーラは私に手紙を届けて、その足で私から手紙を預かって城に帰るのか。

無駄がなくて結構なことだ。

「お兄様と言うと、私はヒエロ王子としか会ったことがないけど」

第二王子ヒエロ・アルトワール。

先の冬休みの出稼ぎでは、彼の名前を利用させてもらった。だから面識がある。

でも確か、ヒルデトーラには何人か兄と姉がいるはずだ。で、下に弟妹はいないんだっけ?

それと、噂では認知していない王様の隠し子も何人かいるそうだが……王様の性格からして、確実にいると思う。それも計画的に作った隠し子が。優秀な人材を得るために。

……冷静に考えると本当にめちゃくちゃな王だな。

「そのヒエロお兄様からです」

ああそう。なんだろう。

「ちょっと待ってね。さっさと書くから」

まず手元の仕事を片付けよう。

リノキスと相談して、手紙に書くことはまとめてある。あとは私の直筆で文章にするだけだ。

手早くまとめて封筒に入れる。

封印（ふういん）はいらないかな。見られても構わないし、これでヒルデトーラに渡してしまおう。

「お預かりします――ではこちらを」

手紙を渡して、違う手紙が戻ってきた。

こちらも封はしていない。早速（さっそく）中身を検（あらた）めてみる。

「……あら」

ヒエロ王子からの手紙の内容に、驚いた。地味に驚いた。

「何か気になることでも書かれていました？」

封はしていないが、どうやらヒルデトーラは読んでいないようだ。

まあ、封をしていないってことは、彼女が見る可能性もあったということだ。ならば内容を知られても問題ないだろう。

「春休みを空けておけ、ヴァンドルージュで行われる結婚式に出てほしい、って」

「えっ、結婚式ですか？」

具体的には、「ザックファードとフィレディアが私を結婚式に呼んでいるから来てくれ。詳しいことは後日直接話す」と。そういった内容だった。

「結婚式……そういえば、飛行皇国ヴァンドルージュの修学館に属するハスキタン家のご子息と、機兵王国マーベリアのコーキュリス家のご令嬢が、卒業と同時に結婚するとかしないとか聞いたことがあります」

さすが王族というべきか。

ヒルデトーラほど多忙かつ小さい子でも、その手の情報は仕入れているようだ。

まあ、それはさておき。

問題は、私が結婚式に呼ばれたことではなく、ヒエロ王子が「来い」と言っていることである。

つまり恐らくは、これも魔法映像普及活動に関わること。

それも「他国に売り込んでいる」という彼の立場を考えると、もしかしたら売り込みに進展があった可能性がある。

だから驚いたのだ。

私を呼ぶということは、私に魔法映像に関する協力を要請している、ということだ。

……そういえば、別れ際に何か悪だくみをしていたもんな、あの王子たち。あれがうまくいったのかもしれない。

「承知したと伝えておいて。ただ、こっちも予定が組みづらいから、早めに日程を教えてほしいとも言っておいてくれる？」

春休みのいつをどの程度空けなければいけないのか。

きっともう、私の春休みのスケジュールは、リストン領の撮影で埋まっているはずだ。ベンデリオが詰め込んでいるはずだ。あいつ許さないほんと許さない。休ませろ。それをどうにかこうにか調整しないといけなくなる。

ただでさえ弟子たちの面倒を見たり、撮影したり、出稼ぎの計画を考えたり、宿題をしたり、油断ならないリノキスを牽制したりと忙しい中、更に予定が入ると言われるとたまったものではない。

が、魔法映像を普及させるためと言われれば、協力せざるを得ないだろう。

アルトワール王国に普及するのも大事だが、他国に売れる方が利益は大きい。……まあ私に利益が入るわけではないが。

「わかりました。近く、お兄様の伝言を持ってまた来ますので」

紅茶一杯分だけ世間話をして、ヒルデトーラは早々に引き上げていった。

◆

「報酬（ほうしゅう）として、二千万クラム出そう」

ほう。二千万も。

「自分で言うのもなんですが、報酬なんて出さなくても私は手伝いますよ？」

「いや、これは失敗の許されない仕事だ。無報酬だからと手を抜かれては困る。だから充分な報酬は払う」

……ふむ、そうか。

それだけ本気で、それだけ覚悟（かくご）して責任を負えと。そういうことか。

「この状況で聞くのも野暮（やぼ）だとは思うが、返答を聞いてもいいかな？」

それは本当に野暮な質問である。

「今あなたとヴァンドルージュへ向かっている時点で、答えは出ていると思いますが――

あえて言いましょう。

今度の仕事、力を合わせてしっかりやり遂（と）げましょう」

あえて言葉にした承知の返事に、アルトワール王国第二王子ヒエロは満足げに頷（うなず）くのだった。

春休みの半ば。

三学期の終わり頃に会う約束をしたヒエロは、互いの仕事で都合が合わず、スケジュールの摺り合わせをしても交渉する時間が作れなかった。

結局会うことができたのは、春休みのほぼど真ん中。

ヒエロ王子が友人の結婚式に合わせてヴァンドルージュへ行く途中に私が合流するという、ギリギリのタイミングとなってしまった。

私はついさっきまで、ぎっちぎちに入っていた殺人的撮影スケジュールをこなし、撮影先でヒエロ王子に拾われて隣国へ直行、という形となった。

この前の冬休みよりもひどいスケジュールだったが……これも仕事なので仕方ない。

そして、ようやく会えたヒエロ王子に、今回私が呼ばれた理由であるザックファードとフィレディアの結婚式について説明をしてもらい、深く納得する。

私が呼ばれるわけだ、と。

――私への依頼は、結婚式の撮影だ。

撮影先から拾われた高速船の中、その足で船の応接間に通された。

そしてテーブルに着いてヒエロ王子と向かい合い、書類を渡されて今回の仕事の話を聞かされた。

「細かい打ち合わせも必要でしょうけど、その前に話の流れを確認をしても？」

私としても、今この場で聞いたばかりの計画である。ついさっきまで撮影をしていたくらい急なのだ。

二千万の仕事である。

疑問の余地がないほどしっかり概要を把握しておきたい。

……二千万の責任、か。心情的にも肉体的にも魔獣狩りの方がよっぽど楽だな。

「もちろん。なんでも聞いてくれ」

正直今すぐ寝たいほどに疲れているが、この分だと寝て起きたらヴァンドルージュに到着しているだろう。高速船だからな。

向こうに着いてからは、また本格的に忙しくなるので、最低限必要な打ち合わせは今しておかねばならない。

……正直今すぐ寝たいけど。身体が休息を欲しているけど。

「今度の撮影は、魔法映像の歴史上初めて行われる、他国での撮影なんですね？」

他国の風景みたいなものは撮っているが、今回は他国の要人や文化が撮影対象だ。

そういう意味では、初めて他国の内部に食い込んだ撮影と言えるだろう。

「ああ。だから私は君を選んだ」

私の発言の意図は、ヒエロ王子にも通じていると思う。

「ヒルデでも、レリアでもダメだと判断したんですよね？」

「そうだ。ヒルデは王族という身分があるせいで、向こうも扱いに困るだろう。それに初の他国撮影、政治的背景は極力薄くしたい」

ならばヒエロ王子以外の王族が絡むのは避けたいだろうな。

ヒルデトーラはまだ年端も行かない子供だ。だが、それでもあえて、ヒエロは避けた方が無難と考えたわけだ。

大事な仕事なので、不安要素は極力消したいのだろう。

「レリアでもダメだったと？」

「彼女に頼むのは可哀想だ。アルトワールの王族にも尻込みするようでは、ヴァンドルージュの高位貴族が集まる場では何もできないだろう。心労で倒れるよ」

「その点ニアなら……」と続いたが、その先の言葉はなかった。

たぶんそこそこ失礼なことを言いかけたのだろう。図太いから大丈夫、無神経だから大丈夫、心臓に毛が生えているから大丈夫、みたいなやつが。

まあ確かに平気だから構わないが。

王族だって高位貴族だって、服を剥けばただの人である。そんなものに怖気づく理由はない。殴れば血も出るしな。

人相手ならどうとでもなるからな。どうとでも。

「初めての他国撮影だし、向こうから見れば見慣れない文化と技術だ。どうしても向こうは撮影に警戒心を持つだろう――だがそれを主導するのが年端も行かない子供であれば、多少は警戒心も緩むと思う。子供が動かしているものをどうして怖がる必要があるか、とね。

それに、君にはザックとフィルからの指名もある。アルトワールから見てもヴァンドルージュから見ても、君が適任なんだ」

うん。

まさか冬の顔合わせが、他国撮影なんて二千万の大仕事に繋がるとはな。あの時は思いもよらなかった。

「これは個人的な興味で聞くんですけど、どんな風に撮影許可を貰ったんですか？」

他国で撮影をするためにどんな話の筋を広げたのか、興味がある。

果たして王子たちの説得——悪巧みは、いかにして成功したのだろうか。

「一、フィルの祖父母はマーベリア王国から離れられないので、二人に結婚式を観せたくないかと祖父母を利用した。

二、二人の一生ものの思い出を残したくないかと営業を掛けた。

三、これは私からの結婚祝いという体で、全て無料で奉仕することを強調した。

四、人生において最も輝いているであろう姿を、今の自分と同じ歳になった子供に観せたくないかと、不可能を可能にできることを売り込んだ。

五、ニアが二人の結婚を祝福したい、自分にできることはこれくらいだからと言っていた、とささやかな嘘も交えた。

六、初の他国撮影はヴァンドルージュでもきっと話題になるので、魔法映像導入への第一歩となりうる可能性は高く、それに貢献することは長い目で見てもマイナスにはならないと利があることを伝えた。

七、どうしても抵抗があるなら『限られた場所だけで撮影する』という手もあると譲歩案を提示した。

八、フィルの美しさを残したくないのかと普通に訊いた。

九、俺がこれだけ頼んでもダメか、とクリストが逆ギレした。

十、私も逆ギレしてダメ押しした。

「――以上の交渉で、私とクリストでザックとフィルを、そしてハスキタン家とコーキュリス家の説得に成功した」

………。

聞いておいてなんだが、つらつらと長ゼリフを言い連ねられても、あんまり頭に入って来ないな。

「しかしまあ、結局一番反応が大きかったのは『フィルの美しさを残したくないのか』だったな。何気なく言ったはずのあの一言は、効果が絶大だった」

ああそう。まあ女性の美への執着は強いからな。ありそうな話だ。

「ある程度の打ち合わせは済んでいるが、向こうに着いたら最終確認がある。それまでにニアも計画を頭に叩き込んでおいてほしい」

――うん。

「今は無理ですよ」

「え？」

「リノキス。私この春休みで何本撮った？」

後ろに控えているリノキスに話を振ると、急にも拘わらず即座に「十一本です」と返事が戻ってきた。

「約一週間で十一本。朝早く家を出て、夜寝るためだけに帰るという生活が、ついさっきまで続いていました。

さすがに少し休まないと、頭が働かないです。すでに眠いし」

「…………」

ヒエロ王子はにっこり微笑んだ。

「大丈夫だよ。人間、四日くらい徹夜しても意外と平気だから」

おい。バカなことを言うな。平気なわけないだろ。

「実際、私なんて今徹夜二日目だし。逆に頭が冴えているよ」

なんの逆だ。やはりこの仕事の虫は無茶をしているようだ。

「むしろヒエロ王子こそ寝た方がいいと思います」

そんな生活していると、脳が擦り切れるぞ。

「これからとても大事な仕事がある。初めて他国に向けた試金石となりうる計画だ。寝てなんていられなぐっ」

ぐだぐだうるさいので、もういい。

言いながらヒエロ王子がカップに目を落とした瞬間、椅子から飛び出して首を打って寝かしつけてやった。――テーブルに突っ伏す直前でリノキスがヒエロの頭を掴み、カップを回収してゆっくり下ろした。さすが我が弟子、いい動きである。まるで私が何をするか事前にわかっていたかのようだ。

馬鹿者め。

大事な大仕事の前だから休めと言っているのだ。ごちゃごちゃ言う暇があれば寝ろ。

私も眠いし。今日はもうほんと無理。

「面白い計画ですね。個人的な結婚式の撮影なんて」

「ええ、新しいわね」

テストケースもいいところだが、値段さえどうにかなれば、アルトワールでもきっと流行ると思う。もっと魔法映像が身近なものになるに違いない。

――だが、今はいい。

「少し休むわ。リノキスも疲れているでしょ？　今の内に休んでおきなさい」

「はい。おやすみなさいませ、お嬢様」

来る大仕事に向けて、英気を養っておこう。

今回ばかりは、失敗は許されないからな。絶対に。

◆

タラップを下りる直前で、今回一緒に働く面々と顔合わせをした。

「――すまない。どうやら知らぬ間に寝てしまったらしい」

眠って起きたら、もうヴァンドルージュに到着していた。

ヒエロ王子も、私も、しっかり爆睡した。それはもうしっかりと寝た。

その結果である。

「いえ、そんな、私たちに謝罪など……！」

今回の結婚式の撮影には、王都撮影班が同行していた。

それも、最近はあまり現場には出ないという、王都撮影班部長ミルコ・タイルも一緒に来ている。相変わらず黒いパンツスーツにメガネで、隙のなさそうな女性だ。

だが、さすがにそんな仕事のできそうなミルコでも、王族の一挙一動には平静でいられないようだ。

彼女を始め、現場で私と何度も顔を合わせている撮影班たちも、狼狽えている。

……というか、逆に私のように平静でいちゃいけないような気もするが。だって王族だから。王族が謝っているという状況だから。

ヒエロ王子は、私が昨夜寝かしつけた後、ヴァンドルージュ到着まで目覚めることなくぐっすり眠ったようだ。

本来なら、私と撮影班たちと、移動中に打ち合わせをする予定だったらしいが。

「まあまあ。ヒエロ王子だけではなく私も寝ていましたし、今は気にせず予定を進めましょう」

——九割方私のせいかもしれないので、ひとまずフォローは入れておく。

でも一割はヒエロ王子当人のせいだぞ。

一切起きなかったのは、間違いなく寝不足だったからだ。そんな状態でいい仕事ができるわけがない。

しかし、そもそも今は、そんなことを話している時間も惜しいはずだ。もう到着しているのだ、不毛な謝罪と遠慮のやりとりをしている場合ではない。

「……そうだな。少々予定がズレてしまったが、このミスは仕事で挽回しよう」

そうそう。本当に無駄にする時間はないのだ。

ザックファード・ハスキタンとフィレディア・コーキュリスの結婚式は、二日後である。

私もヒエロ王子もアルトワールで仕事があったので、どうしてもこんなに余裕のないスケジュールになってしまった。

これから自由に使える時間は、今日と明日の二日間のみ。今が昼時だから、正確には一日半くらいか。
　そして今日は、これから入念な打ち合わせを行い、明日の行動の準備に費やされることになる。ここは他国だから、諸々の許可申請なんかの面倒なやつもあるからな。
　結婚式当日は事の流れが決まっているので、式のスケジュールに合わせることになる。要所要所を押さえて撮影を行うわけだ。あるいは全部撮って後から編集か、だ。
　私たちが一番大変な仕事は、やはり準備……今日と明日になるだろう。結婚式自体は流れが決まっている分、むしろ楽だ。

「――おーい！」

　いざ隣国の地に下りようという時、甲板の上でヒエロがしくじったことを謝ったりしてごちゃごちゃしていたおかげで、港にいる待ち人がしびれを切らして声を上げていた。

「ではお先に」

　不毛な話を打ち切るように、私は一足先にタラップを下り、待っていた黒髪の兄妹と合流した。

「――ようこそ、ニア・リストン。今度は仕事で会えたな」

「――久しぶりだな。時間があったら勝負だぞ」

　飛行皇国ヴァンドルージュの第四皇子クリスト・ヴォルト・ヴァンドルージュと、その実妹クロウエンだ。

彼らとは、この前の出稼ぎで顔を合わせている。

クリストはヒエロ王子の紹介で、クロウエンは式の新郎ザックファード・ハスキタンの家で会った。

今回は本当に時間的な余裕がないので、皇族自ら港まで迎えに来たのである。

二人の身分上、護衛も付いているが、邪魔にならないよう少し離れた場所にいる。……ふむ、あまり腕は良くなさそうだな。

「挨拶は後にしよう」

ヒエロ王子とミルコ、撮影班がぞろぞろと港に下り立つと、誰かが何か言い出す前にクリストはそう言った。

「まずあんたらが泊まるホテルに案内する。そこで打ち合わせをするから、話はその時だ。付いてきてくれ」

賢明である。こんなところで立ち話をしていても、港で働く人の邪魔にしかならないからな。

二度目のヴァンドルージュに懐かしいなんて思う間もなく。

私たちは、クリストたちが用意していた大型単船三隻に分かれて乗り込み、まっすぐにホテルへと向かうことになった。

「――まず言っておく。今回は俺の友人たちの結婚式に来てくれて、本当に感謝する」

冬に泊まった高級ホテルに案内された。

特等室の一番大きな部屋に集められた私たちに向けて、クリストは切り出す。

……冬に私とリノキスが泊まった部屋よりも大きい部屋だ。より大きくて豪華である。

あの部屋よりまだ上のランクの部屋があったのか。一泊の値段とか聞きたくないな。

「俺はヴァンドルージュ皇国第四皇子クリスト・ヴォルト・ヴァンドルージュだ。四番目だから特に権力もないし、将来的にも大した者にはならない。偉そうに振る舞うつもりもないから、気楽に接してくれ」

ヒエロ王子も大概気安くしているが、クリストも気楽に接するのは難しいだろう。

現に庶民出の多い撮影班は、すでに畏縮している。

大人しくテーブルに着いて、ほとんど視線を上げることもないような状態だ。

「私はクリストの妹クロウエン・ヴォルト・ヴァンドルージュ。兄を補佐するつもりで来た。何か雑用があれば私に言ってくれ」

とは言うが、クロウエンも皇族である。雑用なんて頼めないだろう。

「じゃあお茶淹れてください」

まあ、私は気にしないが。

撮影班たちが「何言ってんだあのガキ」みたいな畏怖の念のこもった視線を向けてくるが、それも気にしない。身分差社会の崩壊を感じる視線だが気にしない。

私も一応第四階級貴人リストン家の娘だが、と言いたいところだが気にしない。身分差で言うなら王族や皇族の方に近いんだけどね、とも言ってやりたいが気にしない。もう小さいことは気にしない。

頼まれたクロウエンは「うん」と頷くと、全員分の紅茶を淹れ出した。

よしよし、それでいい。

今この場に「何もしない偉いだけの奴」なんていらないのだ。

ヴァンドルージュの情報に詳しいのは、この場にはクリストとクロウエンしかいない。ならばきっと打ち合わせのどこかで打ち解ける……までは必要ないだろうが、会話くらいはできないと効率が悪い。

「こいつらは普通に接して平気だよ」と示すためにも、私が率先して平気であることを証明して見せておけば、少しはやりやすくなるだろう。

雑用を押し付けられて粛々とこなす皇女を横目に、クリストは顔をしかめる。

「おいおいマジか。そっちの打ち合わせ、終わってないのか？」

「すまない。移動中にするつもりだったが、うっかり寝(ね)てしまった」

「ほら見ろ。おまえは働きすぎなんだよ、ヒエロ。適度に休め」

それは同感である。

というか、ヒエロ王子はクリストにも休むよう言われたことがあるらしい。仕事が好きなのも結構だが、身体だけは壊(こわ)さない程度にやってほしいものだ。

「仕方ない、こっちの打ち合わせと一緒にやっちまうか。質問や疑問はその都度言ってくれればいいからよ」


必要だった打ち合わせの内容は、まずはヴァンドルージュ側の規制の話である。

これまでヒエロ王子が何度も魔法映像(マジックビジョン)を持ち込み、いろんな皇族・貴族に観せており、そのもの自体は知る者も多いが。

しかし、その実態まで知っているのかと言われると、かなり怪しいらしい。

ヴァンドルージュにはない技術と文化だったので、いきなり持ってこられても意味がわからない。どんな仕組みかもわからないし、更には番組内容の意図さえもわからない、という者が多いらしい。まあわからなくて当然だろう、番組はだいたい娯楽(ごらく)だ。意味や意図を深読みしても何もないぞ。

しかし、いざ仕組みを説明すれば、警戒するべきものだと判断する者も多かったそうだ。

現実に起こった出来事を、映像として記録する技術。

確かザックファードも言っていたが、軍事利用ができる。

この国を撮影して回るだけで、地形や文化レベル、もしかしたら兵の装備や体制に至るまで筒抜けになる可能性がある。

しかもここは飛行皇国と言われる、飛行船技術の発達した国である。それこそ技術を盗むのに撮影という手法は、どこまでも優れているだろう。

そんな警戒心を抱かせてしまったので、なかなかヴァンドルージュへの売り込みは難航していたらしいが――。

今回は、いろんな幸運が重なって、特例中の特例で撮影が認められた……というのが現状であり、また私が呼ばれた理由でもある。

だが、特例で撮影が認められたものの、この国が警戒心を抱いている以上、どこでも自由に撮影していいわけではない。

それが規制である。

・撮影場所は屋内、敷地内に限り認める。

・要人を撮る場合は本人の許可を得ること。
・撮影する時間は決められており、指定した監視員の指示に従うこと。
・撮影した映像を国外に持ち出すことは許可しない。
・監視員の指示により撮影を許可、中止する。

——というのが、ヴァンドルージュ皇国の出した条件なんだそうだ。

以上の規制を守れないなら撮影は認められない。それに監視員の一存でも左右されてしまうわけだ。

「監視員とは誰だ?」

ヒエロ王子の質問に、クリストは笑う。

「昼行灯の切れ者、陸軍総大将ガウィン・ガード殿。それと最年少で役職に就いた空軍総大将カカナ・レシージン殿。人選からして皇王の警戒心すげーよな」

ほう、総大将殿か。……へらへらしながら「すげーよな」とか言っている場合ではないのではなかろうか。

「役職名だけ聞くと、とてつもない堅物って感じですね」

私が言うと、クリストはやはりへらへら笑った。

「堅物だね。特に見るからに堅物って感じのカカナ殿より、ガウィン殿の方が曲者だぜ。

あの人油断しているように見えて、一切油断してないしな」

まあ、そうだろう。

総大将が本当に緩い人では、周りも部下も大変だろうから。

「で、どうだ？　そっちの撮影班は、この邪魔臭い規制と監視の中、どんな企画を思いつく？」

――ああ、この質問の答えを、ヒエロ王子は飛行船内で打ち合わせしておきたかったたわけか。

でも仕方ない。

私は眠かったのだ。

それに責任の九割は私だが、一割は起きなかったヒエロ王子本人のせいだ。

「いくつか候補は考えてきている。規制がどこまで厳しいか、どこまで及ぶかがわからなかったから、それを度外視してな。

規制に引っかかるものが多いが、いくつかは問題なく使えそうな案もある」

「お、さすが放送局局長代理。聞かせろよ」

肝心の規制条項が判明したことで、話すべきことは爆発的に増えた。

話すべき焦点は、いかに規制の隙間を縫うか、規制の裏を突くか、だ。

この手の話は、かつてアルトワール王国も辿った道なんだそうだ。

今では一般にも普及している魔法映像だが、生まれた当初は、有力な高位貴人たちの強い反対の声も上がり、活動範囲は相当狭かったそうである。

当時のことを知るミルコ、そして役職を与えられてから勉強したというヒエロ王子の、過去を踏襲した意見や経験談は、今回のケースにも大いに重なる部分があった。

いつからかクリストらの皇子や皇女という立場も忘れられ、私たちの打ち合わせは夜まで続いたのだった。

◆

「全員分の個室を用意したんだが、いらないかもな」

死屍累々とも言えるような光景に、クリストはそう漏らした。そうだな。もう今日のところはこのまま寝かしておいた方がよさそうな感じだ。

到着してすぐホテルに詰められ、食事休憩もそこそこに、夜まで話し合いである。

その結果、撮影班の何人かが寝落ちした。

テーブルに散乱した企画書やメモ、ボツを食らって投げられた紙くず。

話し合いが行き詰まり、考え事をしながらテーブルに伏せたり、「ちょっとだけ横に……」と言ってベッドやソファで仮眠を取る撮影班のスタッフたち。

疲れ果てて倒れた姿は、なんというか、戦い疲れた兵士のようである。

それも仕方ない。

私もくたくたである。平然としているように見えるが、ヒエロ王子もミルコも、クリストもクロウエンも、疲労の濃い顔をしてなんとか起きているスタッフも、似たような状態だろう。

「では、打ち合わせはこれで終了だ。お疲れ様」

そして、ヒエロ王子の会議終了の声を合図に、残っていたスタッフが倒れた。本当にお疲れ様である。

――ようやく話が煮詰まった、といったところか。

長時間話し合い、議論を重ね、数ある企画を絞りに絞り込んで、やっと明日からの行動が決定した。

時間を掛けた甲斐もあって、厳しい規制に触れず、しかし最大限に魔法映像を駆使して結婚式を盛り上げる計画ができあがったと思う。

まあ「盛り上げる」という点は、依頼にない部分ではあるが。私たちの参加は、あくまでも記録係という面が強いからな。

しかし、他国に魔法映像をアピールする最大にして最高の機会が来ているのだ。

ここで攻めなくてどうする。攻め時を見誤っていては、大勢を変えることなどできるものか。

ここは攻めるべきである。容赦なく、そして遠慮なくな。

「クリスト、クロウ。君たちはどうする？　帰るのか？」

テーブルに散らばる企画書をまとめつつ、ヒエロ王子が問う。

もう夜も遅い。

皇子と皇女という身分がある者として、あまりふらふらと外泊なんて許されないのではなかろうか。まあ監視を兼ねた護衛はいると思うが。

「明日からの行動を考えると、行き帰りの時間さえ惜しいって感じだよな。もうこの際だし、個室には俺たちが泊まることにしよう。な、クロウ？」

「そうだな、明日も早いしそうしよう。……それにしても疲れたな。ヒエロ殿、企画会議とはいつもこんな感じなのか？」

凝っているのだろう肩を回すクロウエンに、ヒエロ王子は苦笑する。

「ここまで時間が掛かることは滅多にないよ。今回はさすがに切羽詰まっていたから、数日掛けるような相談事が今日一日に凝縮されただけだ」

凝縮か。確かにこってりした味付けの濃密な会議だったが。

「ニアも疲れただろう。部屋に戻って休むといい」

うむ。

休むことには一切の不満もないのだが、その前にだ。

「休む前に一つ頼みがあるの。クリスト様かクロウエン様、どちらかが付き合ってくれると嬉しいです」

「『頼み？』」

指名されたクリストとクロウエンが声を重ねる。

「今日の内に、監視員と顔を合わせて挨拶をして、明日の予定を話しておきたいのです。時間がないからこそ、今日済ませておくべきだと思います」

「……ああ、そうか」

「悪くないな。少々時間が遅いが、決して悪い手じゃない」

思案気に腕を組むクリストと、頷いて肯定的に受け止めるクロウエン。

――やはり意図はわかるか。

ヴァンドルージュ陸軍総大将ガウィンと、空軍総大将カカナ。

この二名が、明日の撮影に同行する監視員である。

まず、彼らのスタンスを確かめたいのだ。

撮影に協力的なのか、それとも妨害するほど非協力的なのか。

彼らのスタンスによっては、出発の時刻さえ向こうの都合で遅れる可能性がある――出発の時間を聞いていなかったから遅れた、とか。そんな幼稚だが確実に予定を圧迫する嫌がらせをされては困るのだ。足を引っ張るようなことがあっては困るのだ。

次に、本当の意味での挨拶だ。

明日の初対面でやることを、一日早く行って明日の時間短縮を狙いたい。こちらの本気を伝えるためにも、早い方がいいと思う。

協力的なら、きっと不足なくこちらの予定に合わせてくれるだろうし――非協力的なら、それなりの対応をしなければならない。

場合によっては、心の底まで震えるほど、脅迫してやることにする。

今の私たちには無駄にしていい時間はない。そして他国に売り込む試金石となるこのチャンスを逃すという手もない。貪欲に最善を求めるべき攻めの時である。

スタンスの確認と、挨拶。

とりあえずこの二つを、今すぐこなしておきたい。場合によっては殴る。こんなにも大変な想いをしているのだ。容赦しないぞ。

「私が行こう」

そう提案するヒエロ王子に、私は首を横に振る。

「いいえ。ヒエロ王子ではなく私が行くべきです。政治的背景をあまり出したくないのでしょう？」

まがりなりにもヒエロは王子である。

たとえ放送局局長代理という肩書(かたがき)があろうと、王子は王子である。

他国の軍人に自ら挨拶に行って「明日はよろしくね！」なんて露骨(ろこつ)にへりくだるのは、良くないと思う。ヒエロは王子だからな。

たとえ内心「王族という立場より仕事が大事」なんて思っていてもだ。

それよりは、他国の貴人――貴族的なものの娘である、としか認識(にんしき)されていない私が行った方が、色々と角が立たないだろう。

それに、場合によっては脅(おど)しつけてくるし。

これだけの人員と物資と苦労とチャンスと感情が動いているのに、監視員などというよく知らない権力者の胸三寸で、すべてを台無しにされてたまるか。

何が監視員だ。

ふざけた奴ならぶっ飛ばすぞ。

「俺が一緒に行くよ。ガウィン殿とカカナ殿とは、それなりに面識もあるし」

クリストが同行してくれるようだ。

「あの二人ならそこまで私情を挟まないとは思うけど、明日の予定を直接伝えるってのは俺も賛成だ。万が一予定通り進まなかったら、今日の企画会議がすべて無駄になるしな」

「そうだな。それは悔しいな」

悔しいと言ったクロウエンには、きっと寝ている撮影班全員が同意することだろう。もちろん私もな。

「――じゃあ行こうかニア。先触れを出すから、どこかで食事してから向かおう。最近十文字鮮血蟹っていう魔物がよく狩られててさ、これがうまいんだ。蟹食いに行こうぜ」

なんだかすでに懐かしく感じる名前が出た気がするが、蟹か。食べたことがないんだが。うまいのか。

「全部お任せします」

「任せろよ。女の子が喜ぶ場所、色々知ってるから」

ああそう。遊び人ぽいとは思っていたが、実際クリストは遊び人なんだろうな。

「まだ十代にもなってない私ですけれど、私でもいいですか?」

「フッ、素敵な女性に年齢なんて関係ないさ。……まあさすがに下心はないけど」

あったら大変である。

百歩譲って私はまだ適当に流せるが、侍女は確実に命を狙っていくだろう――リノキス、私にしかわからないくらいだが、わずかに殺気が出てるぞ。隠せ。いや出すな。

こうして、世界初となる魔法映像を導入した結婚式企画がスタートした。

◆

当事者たちを「特別な一日」へ誘うための下準備。

結局魔法映像で何をするのか、と問われれば、そんなものである。

そして成功すれば、まさに魔法映像を最大限アピールすることとなるのだ。

……アピールした分だけ、失敗した時の負債は大きいが。考えたくもない。

「こんなにも早い時間に行くのかい？」

陸軍総大将ガウィン・ガードはラフに軍服を着て、嫌な顔一つせず、指定された時間に約束の場所にいた。

「非常識な時間だな。不愉快だ」

陸軍総大将とは反対に、しっかりと軍服を着込んだ空軍総大将カカナ・レシージンは、不機嫌そうな顔を隠そうともしない。

早朝……というよりは、まだ夜の内と言った方がいいかもしれない。

だが、そんな夜の気配が強く残っている早朝でも、予定通り監視員たちと合流することができた。

朝も早くからホテルを出発した私たち撮影班とクリストたち一団は、大型単船三隻に乗り込み、とある屋敷の前までやってきた。

監視員の家の前である。

そして、そこで無事、今日の同道者たちと合流できた。

――なるほど。昼行灯で有名な陸軍総大将殿と、最年少の空軍総大将殿か。

どちらかと言えばカカナの方がわかりやすくていいな。杓子定規の典型的な軍人だと言われれば、自ずと付き合い方もわかる。

彼女と比べれば、ガウィンの方がはるかに読みづらい。気の抜けた顔をしているが、そう見えるだけだろう。ああいうのは内心がまったく読めない。

陸軍総大将と空軍総大将は、昨夜クリストの紹介で会った印象のままである。

一見穏やかだが曲者の臭いしかしないガウィンと、一見厳しそうで実際も厳しそうなカカナ。

どちらも貴族の出らしいが、実家からは出ているようで、ここヴァンドルージュ首都ユーネスゴにある大きな一軒家、というか、少し小さめの屋敷に住んでいた。

一緒に。

その事実には少々驚いたが。どうも二人は男女の仲らしい。でも結婚はしていないそうだ。複雑な事情があったりなかったりするのかもしれない。

……とまあ、昨日ちょっと顔を合わせて、少しだけそんな話をしたのだが。

その翌日。

予定通り早朝に、彼らを家まで迎えに行くと、緑色の軍服を着たガウィンと白い軍服を着たカカナが、準備を終えて待っていた。

双方五人ずつ部下を用意していたのは、いざという時は力ずくでも止める、という意思表示だろう。

――昨日会って話した限りでは、彼らに非協力的な態度は見られなかった。

急な夜の訪問に小言は言われたが、それでも邪険に扱われることはなかった。正直私だって揉めたいわけではなかったので、脅すこともしなかった。

内心どう思っているかはわからないが、表向きは、ヴァンドルージュ皇王の命令に従って監視という役割に徹するつもりのようだ。

「ガウィン殿、カカナ殿、今日はよろしく頼む。早速行動を開始しよう」

ヒエロ王子の号令に従い、面通しのために整列していた撮影班が動き出す。

彼らの家の前に延びた広い道路には、数隻の大型単船が用意してある。私たちが乗ってきたものと、軍人たちが乗るためのものだ。これでまずは港に移動するのである。

「あなたたちも乗ってくれ。すぐに移動だ」

「わかりました」

「了解」

ガウィンとカカナも、部下を連れて彼らの単船に乗り込む。

不安要素がないとは言わないが、ここから先は本当に時間との勝負になる。

――さあ、長い一日を始めようか。

港に着いた私たちだが、この先は二班に分かれて撮影に向かうことになる。

昨夜の内にスケジュールの報告はしておいたので、ガウィンとカカナも特に口出しすることなく、陸軍と空軍で分かれて同行することにしたようだ。

連れてきた撮影班は十二人で、ちょうど二班で分けられる人選となっている。現場監督（かんとく）やカメラ、メイクなどを、二人ずつ連れてきているのだ。

ヒエロ王子は「もしもの時のために、各ポジションの予備を一人ずつ連れてきただけだ」と言っていた。さすがに二班で撮影に向かうことは想定していなかった……いや、案外ちゃんと想定していたかもな。

まあとにかく、ここからは二班で行動となる。

第一班は、ヒエロ王子、ミルコ、クロウエン。

第二班は、私とクリスト。リノキスも今日ばかりは侍女仕事と撮影の手伝いもすると言っていた。というか私が手伝うよう頼んだ。

アルトワールの王子と、ヴァンドルージュの皇子と皇女がいるが、軍の総大将が同行するので護衛はいない。

とにかく時間がないので、必要ないものは削るのだ。身軽に動けるように。

そして——。

「カカナ様。行きましょう」

「ああ」

昨日の内に、ガウィンとカカナに会ったのは、本当に無駄ではなかった。

私が二人の印象をヒエロ王子に話すと、彼は「厄介そうな陸軍総大将は引き受けよう」と言った。

正直その方がいいと私も思ったので、私の同行者は空軍総大将殿となった。

ガウィンは読めない。曲者丸出しで揚げ足取りみたいなことを延々ごちゃごちゃぐちぐち言われたら、私の手が出かねない。カカナの方がはっきりきっぱりしてそうだしな。

というわけで、第一班には陸軍総大将ガウィン。

私たち第二班には、空軍総大将カカナ。

そして各撮影班という組み合わせとなっている。

港に用意していた飛行船にそれぞれ乗り込むと、すぐに飛び立った。

さて、まずは、クリストたちが用意してくれた船の船長に、これから飛ぶルートを伝えなければならない。

ヴァンドルージュは浮島(うきしま)が多い国なので、航路を決めるのが大変だった。いかに無駄なく時間を節約して次の島へ行けるかが大事なのだ。

「無茶(むちゃ)な予定だな」

操舵室(そうだしつ)で、クリストが航空図を見ながら船長に指示を出している。それを横で聞いているカカナは、皆(みな)がわかり切っていることを呟(つぶや)く。

そう、無茶な予定なのだ。

これから二十を超(こ)える島を渡(わた)るのだから。

だがやらねばならない。

時間はもう、今日しかないのだ。

「こんな時間に飛行船を出すことといい、無茶な航路を飛ぼうとすることといい……魔法映像(マジックビジョン)とやらは礼節どころか常識さえ弁(わきま)えない代物(しろもの)なのか」

まあ、魔法映像(マジックビジョン)をよく知らない者からしたら、何を必死になっているかさえわからないのだろう。

だから私は言ってやった。

「礼節と常識を弁えたらいい映像が撮れるというなら、そうするんですけどね。そうもいかないから無茶をするんですよ」

「いい映像?」

「夕陽が見たければ時間を選ぶでしょう? 綺麗な夕陽を見たければ場所も選ぶでしょう? そういうことです」

「……? いまいちよくわからないが……」

そうか。ではははっきり言おう。

「これから、そこに行かなければ見ることができない景色を、撮りに行くんですよ」

まずは第三上層島。

目指すは、ザックファードが私くらいの歳の時に、家庭教師をしていたという貴族の女性の屋敷だ。

明日の結婚式で放送する「式に来られなかった新郎新婦に縁のある者の祝福の言葉」を貰いに行くのである。

◆

「――ちょっと待て! それはなんだ……あ、待て! 待てと言っている!」

いよいよスタッフが無視し始めた。

それはそうだろう、いい加減私もイライラしてきている。自分で言うのもなんだが、手が出るのも時間の問題だ。

ようやく空が白んできた。

速度重視で移動と撮影をこなしてきただけに、もう四件目のお宅にやってきている。まだまだ次の予定があるので、テキパキ撮影の準備をしているところだ。

ここまでは順調と言えるのではなかろうか。

始まる前から時間に追われる撮影になることが確定していただけに、いつもより撮影班の緊張感が強い。きびきびした動きに合わせ、雰囲気はかなりピリピリしていて、失敗なんて絶対に許されないという空気だ。

私も失敗はできないと思っている。

つまらないことで揉めるようなことは、結果もっと雰囲気も悪くなるし時間の無駄にもなるので、したくない。

なので、全力で気を回して緩衝材の役目を果たしている。スタッフのミスをフォローしたり、撮影を頼む相手に説明したりするのも私がやっている。

あのリノキスでさえ、「荷物は持ちます」と重い機材などを率先して運んで貢献しているくらいだ。私から離れることも厭わずに。

手伝いは頼んだものの、それにしたって協力的である。

スケジュールに無理があるのに、無理を承知でやり遂げようとしているだけに、いつになく皆真剣だ。ちょっと余裕がなくて心配になるくらいに。

――ただでさえそんなことになっているのに。

気が立っている私や撮影班に、空軍総大将カカナは、何くれと「それはなんだ」「それはどういうものだ」と、いちいち質問してくる。

わからない、とは言わない。

見る物もやることも、すべてが見慣れない異文化なのだろう。監視員として事態を把握し、事細かに何をしているかを理解したいのだとは思う。

それは彼女の生真面目さ、そして優秀さから来ていることだとも思う。

だが、単純に間が悪い。

全員がこんなにも慌ただしく動いているのに、いちいち手を止めさせるようなタイミングで質問などしないでほしい。

「話は飛行船の移動中に」と何度か頼んでいるが、あまり守ってくれない。

これも、わからなくはない。

やってしまった後では遅いからだ。

何かが起こる瀬戸際で止めて被害を抑えたいという、彼女の自衛と国防から来る強い警戒心からの言動だろう。

だが、やはり、あまりにも間が悪い。悪すぎる。

「カカナ様、スタッフを止めないで」

スタッフの手を掴んででも止めさせようとするカカナを、逆に私が止める。

このセリフを言うのは、今日でもう六回目だ。

まだ空が明るくなってきたくらいの朝だというのに、もう六回も言っている。

「いやしかし、あんなの見たことがないぞ」

「あれは反射板といって、撮影対象に光を当ててカメラ映りを良くする板です」

一件目、二件目、三件目と。

強い照明が撮影場所で確保できていたので、出す必要がなかったのだ。

しかし四件目であるここは、庶民の家。

ヴァンドルージュ側からの「撮影は屋内と敷地内のみ」という規制があるので、部屋の中で撮らなければならない。庭がないから。

つまり室内という、ある程度の光源がないと、暗い場所での撮影となる。

だから光を当てる。

そのまま撮影しては、顔に影が落ちて見映えが悪いのだ。

「――お、お待たせしました。あの、ほんとにこんな格好でいいんでしょうか……？」

ちょっと古いデザインのドレスを着てきた女性は、「いいですいいです！　こちらへどうぞ！」とメイクの女性に椅子に座らされて、手早く化粧を施される。

いまいち事情がよくわかっていない上に、まだ寝ているのに家を強襲され、朝支度さえできていなかった彼女の戸惑いは強い。

だが関係ない。

というか、私たちの用事が済んだら二度寝して構わないから、今だけは付き合ってほしい。悪いが私たちには今しかないのだ。

「お、おい！　それはなんだ⁉　マシュマロか⁉」

「ただのパフです。……え？　なんで知らないの？」

この人メイクはしてるよな？　なのになぜ知らない？　ヴァンドルージュとは化粧品や化粧のしかたが違うのか？　……あ、化粧などメイド任せ。そうですか。

「それは⁉　クシではないか⁉」

「その通りクシですよ。髪を梳かすやつです。ちょっと落ち着いてください、わかるもの

まで聞かれては困ります」

真面目なのは結構だが、真面目過ぎるのも問題だな。こいつは間違いなくダメなタイプ

の真面目だ。

ここまで堅物で真面目だと、正直ちょっとだけカカナ個人にも興味が出てきた気もする

が、しかし今は構っていられないのだ。

「――ニアちゃんお願い！」

現場監督に呼ばれ「はい」と返事を返す。

撮影の見本を私がやって見せるのだ。

映像を記録する魔石は、余裕はあるが無駄にはできない。だから撮影の前に、軽くスピ

ーチの練習をしてもらうわけだ。

「――いいですかカカナ様、今は黙って見ていてください。特に、撮影中は絶対に発言し

ないでください。音が入りますから」

この念押しも四回目だ。幸い失敗はないが。でもやりそうで怖い。

「いや、だが、わからないことだらけだ。あなた方は何をしているのだ。そして何がした

いのだ。私には一つもわからない」

……困惑する理由もわからなくはないんだが。

でも、今は彼女の疑問より、撮影が優先である。

「いや、じゃない。言う通りにしてくれ」

と、クリストがやってきた。

「いくら皇王からの命令だからって、監視員にしては出過ぎだ。邪魔になっている」

私が知っているクリストは、いつもどこか余裕がある飄々とした遊び人だが、今は彼もピリピリしている。

ちなみに彼も荷物持ちとして同行している。撮影自体も興味深いようで、少し離れたところからしっかり見学しているのだが――この事態にはさすがに口を挟んできた。

「そうは言っても、何かあってからでは遅いですから」

「何があるってんだよ。何もなかっただろ」

「これまではそうでも、これからは違うかもしれない。私には彼らが何をしているかまるでわからないのだから」

「何度も説明しただろ。ちょっと来い」

「いえ、クリスト様、私は監視が……！」

カカナの手を掴んで外へ出ていくクリストは、肩越しに振り返って頷いて見せた。――邪魔者は押さえておくから今の内に撮影しろ、と。

スタッフも何人かカカナ退場を見ていたようで、作業の手が速くなる。

今の内だ急げ、と。

「お待たせしました。まず、この撮影の主旨ですが――」

そして私も、さっさと見本を見せるのだった。

――ちなみに寝起きを強襲した彼女は、数年前までヴァンドルージュの修学館に在籍していて、フィレディアと同学年だったという下級貴族の友人である。

こちらの国でも小中高と学部が分かれていて、彼女は中学部を卒業して、それから疎遠になったらしい。

今は実家から出て一人暮らしをし、ただの庶民のような生活をしているそうだ。一応貴族の娘だがドレスもほとんど着る機会がないだけに、新調もしていなかった。

「あの、ほんとに、フィル様に声が届けられるんですか?」

今でこそ疎遠となっているが、在校中はかなり仲が良かったらしい。

私たちがやってきた理由を――「ザックファードとフィレディアが明日結婚する」という話をすると、飛び上がって喜んでいた。寝起きで。

「声どころか姿も見せられる」と返すと、やはりいまいちよくわかっていないまま、しかしそれでも嬉しそうだった。

「お嬢様、提案があります」

四件目の祝福の声を貰い、すぐに撤退した。

待たせていた大型単船に乗り港へ向かう最中、リノキスが言った。

「カカナ様を納得させるには、私たちが何をしているかを実際に観せるのが早いと思われます」

この大型単船には、私とリノキス、クリストがいて、そして機材一式が載っている。

昨日の白熱した会議からちょっとぞんざいな扱いになってしまった感もあるが、一応皇子が乗るだけに、スタッフたちとは隔絶した扱いとなっている。今更誰も気にしないと思うが。本人も気にしないと思うが。一応。

なお、今は単船の運転手をしている。皇子自らが。

「観せる、というと……今日、ついさっき撮影したものを？」

「そうです。何をしていたかの証拠を示すんです。あの手のタイプは証拠に弱いです。それも物証に」

なるほど。

弱いかどうかは知らないが、有効かもしれない。そういうのはできるのかな？

「それができるなら、した方がいいかもしれないな」

クリストは深刻な顔をして口を挟む。

「撮影班の、カカナ殿(どの)への対応がどんどん雑になってるだろ？　それにつれて、彼女の連れてきた部下たちも反感を持ち始めている。この分だと彼女らと揉めるかもしれない」

……チッ、面倒臭(めんどうくさ)い。ただでさえ時間がないのに……。

「現場監督に聞いてみましょう」

今撮っている映像は、明日の結婚式に使うのだ。

つまり映像の編集はここヴァンドルージュで行うはず。

その辺のことは教えてもらっていないので詳(くわ)しくはわからないが、もし今すぐ映像化できるのであれば、映像の一部だけでいいから、カカナに観せてみるべきかもしれない。

今のままだと揉める。

カカナと揉めるということは、他国の軍と揉めるということだ。

さすがにそれは避(さ)けたい。撮影中止なんて言われたら目も当てられないし、魔法映像(マジックビジョン)の売り込みにも影響(えいきょう)する。

それに何より、私の手が出そうだ。

私だってイライラしているんだぞ。こんな過密スケジュールやらされて。直前まで過密スケジュールをこなしてきたのにまだやらせるのか、って思ってるんだぞ。……まあ私が出演しなくていい分だけ、まだ気楽ではあるが。

飛行船に乗り、次の浮島へ移動する間に、現場監督を始めとしたスタッフたちに提案してみた。

――これまでに撮影したものをカカナに観せてみないか、と。

カカナの過干渉にピリピリしていた彼らは、すぐに同意した。

彼ら自身も、このままだとまずいとは思っていたようだ。そりゃそうか。他国の軍人と揉めるなんて、下手をすれば命に関わるもんな。

早速カカナを呼び出して、ついさっき撮ったばかりの映像を観せてみた。

明日のためにこういう映像を撮って回っているのだ、と。

こういう風に映像は永遠に残り、いつでもあの「特別な日」の感動を思い出せるようになるのだ、と。

「…………」

――「ご結婚おめでとうございます」

魔晶板に映し出される「一件目に撮ったついさっきの光景」を、カカナは食い入るように観る。

　もう一度いいか、と、何度も繰り返しを要求して見詰める。

「……そうか。こういうことか。そうか。……うむ、わかった。あなた方がやっていることも、行動も、急ぐ理由も、理解できた」

　そうか、そうか、と何度も頷きながら……ようやく魔晶板から顔を上げたカカナの瞳は、少し潤んでいた。

「身分ゆえ、どうしても式には呼べない友人や、縁のある者もいる。そんな者にも祝ってもらえるのか。

　ザックファード・ハスキタン殿も、フィレディア・コーキュリス殿も、喜ぶだろうな。私が新婦なら泣いてしまうかもしれん」

　カカナはハンカチを出し、そっと目元を拭う。「もう泣いてるじゃん」とか言うのは野暮なんだろうな。

「あと何件だ?」

「夜までに二十二件です」

　それが終わると、夜を徹して編集作業まである。

　スタッフがピリピリしているのも、明日の結婚式が終わるまでは、ほぼ休憩が見込めないからである。

このまままっすぐに、終わらない仕事という名の地獄へ向かうことを理解しているのだ。時間も余裕も、心の余裕もないままに。そりゃイライラもするだろう。

「このペースで間に合うのか？　……いや、航路を考えると怪しいな。よし、部下を先行させよう」

ん？　先行？

「私の部下を先に行かせて、祝福の言葉を貰う相手に準備をさせておくのはどうだ？　有名所の貴族には前もって知らせてあるようだが、それ以外は家にいるよう伝えてあるだけだろう？　正装して待つよう伝えるだけでも、現地での行動は早いのではないか？」

——素晴らしい。

「いいんですか？」

そういう手も考えてはいたが、人が足りなかったのだ。それに時間もなかった。

昨日の今日で決まった企画である。飛行船の数も用意できなかったし、とにかく足りないものだらけだった。

だが、軍人なら。

それもここにいるのは、空軍の総大将殿だ。

飛行船だって人だってすぐに用意できるだろう。

「いいのかい、カカナ殿？　職権乱用だよ？」

クリストが笑いながら言うと、カカナは再び魔晶板に視線を移した。

「これから部下たちに休暇を出し、個人的に頼みごとをするだけです。——私はフィレディア・コーキュリス殿と面識はありませんが、同じ女として、一生に一度の結婚式を失敗してほしくはないと思います。そしてやるからには成功してほしい」

同じ女として、か。

確か彼女は陸軍総大将ガウィンと付き合っていて、でも結婚はしてないんだっけ。

……まあ、人には事情があるから、私から言うことはないが。

敵としか思えなかったカカナが、思わぬ協力態勢に入った。

これにより、撮影の速度は少しだけ増すことになる。

現物という見本を示したことで、カカナの理解が一瞬で追いついた。

「なんか変な感じだな。別人に見える」

ああ、うん。

「意外とそういう人、多いんですよ」

――「結婚おめでとう。機会があったので祝辞を述べさせていただく」

魔晶板に映る自分自身を、微妙な顔で観るカカナ。

鏡で見る自分の姿と、魔法映像の魔晶板で観る自分の姿。

まるで別人のように見えてしまう、という者は意外と多いのだ。もっと言うと、声さえ自分のものではないかのように聞こえるそうだ。

変な感じがするし、ちょっと気恥ずかしいものもあるとかないとか。

私の場合は、事情が事情なので、特にそういうのはなかったが。

なにせ本当に別人だから。

魔法映像でニア・リストンの姿を観る前から、ニア・リストンを観慣れていなかったおかげで、特に抵抗はなかった。

だが、こういう反応をする人も多いのだ。

「――これは使えるんじゃないか？」

そんな現場監督の意見は、即座に採用となった。

現地に行き、撮影する相手に趣旨を説明して、それから撮影に入るのだが。

その「説明する時間」を短縮するために見本を作り、魔法映像で実際にどういうものかを観せれば早いんじゃないか。

　つまり、カカナに観せたように、これから撮影する人にも観せる用の映像を用意しよう、と。そういうアイデアだ。

「じゃあせっかくだから、カカナ様に頼みましょう」

　いるじゃないか。

　見本に最適な人が、ここに。

　ここまでに撮った人の分は、見本には適さない。あくまでもザックファードとフィレディアの結婚式用に撮影したものだから。

　今回はあまりに余裕がないので、監視員のみに観せた形である。だが、あまり大っぴらにしていいものではないと思う。個人へ向けたメッセージだ、言わば手紙みたいなものだからな。

　だから、見本が必要というなら、新しく撮るしかない。

　そこでカカナ・レシージンだ。

　やっていることを理解してくれた上に、空軍総大将という肩書もある、ヴァンドルージュの民なら信じるに値する人間だと判断するだろう。

　一応ヴァンドルージュの皇子も同行しているが、彼は切り札だ。いざという時に名乗ることはあっても、基本お忍びだからな。運転手もしているし。

「ん？　いや無理だぞ？　私は無理だ。……無理だ。無理だって。無理……おい、来るな。迫るな。……ちょ、おい！　それはなんだ!?　口紅っぽいそれはなんだ!?」

正真正銘、口紅である。

この手のことは、やはりプロである。

スタッフたちは「面白そう」と判断したようで、一瞬でカカナを取り囲むと、あっという間に撮影の準備を終えてしまった。

化粧気の薄い顔を少しだけ明るく見えるようにメイクし直して、自然色のリップも健康的かつ自然に見えるピンクに塗り直す。

そして、カカナを「時間がない」「余裕もない」「ぐずぐずしない」等々と急かすように説得し、見本用の「祝いの言葉映像」ができあがったのだった。

「さすがは軍人ですね。背筋も伸びて佇まいが美しい。瞳に力がある。それに発声が綺麗です」

「うん、映像映えする人だな。この人が雰囲気のいいバーで酒とか飲んだらバカ売れしそうだ」

「そうっすね。違いがわかる女感がバリバリに出てますもんね」

「こういうきちっとした完璧女子が、ふと見せるちょっと完璧が崩れた瞬間とかたまらないんだよなぁ」

「「わかるー」」

この手のことは、やはりプロである。

映像の観方が作り手側だ。もっとカカナを美しく撮りたい、彼女を主役に映えるシチュエーションや企画で撮りたい、そんな企画がいくつも頭に浮かんでいるに違いない。

私もちょっと浮かぶからな。ベンデリオの代わりに「リストン領遊歩譚」やったら受けそうだな、とか。

スタッフとクリストが盛り上がっている横で、すごく恥ずかしそうなカカナが「……そういうのは、やめてくれないかね」と呟いていた。

カカナの部下の先行と、見本の映像。

この二つが誕生したことで、撮影は順調に進んだ。

「長丁場には、ちょっとした楽しみがあると違いますよ。というわけで買ってきました」

撮影を終えて飛行船に駆け込むと、リノキスが調達してきた菓子を広げた。

硬く薄いサクサクしたパンに、季節のジャムとクリームを挟んだ手軽なものである。サイズも小さく、大きな男なら一口だろう。

ヴァンドルージュでは「ヒノクサンド」と呼ばれる有名な菓子なんだとか。

私の付き添いで必ず同行してくるので面識はあるが、撮影中はまったく前に出ないし発言もしない。

そんなリノキスの突然の行動に皆驚いたが、差し入れはありがたく腹に納めることになった。

「クリスト様、私が毒見をしますので」

「お、半分こするかい？　カカナ殿」

「……言い方が引っかかりますが、そうしましょう」

クリストは皇子だけに、さすがに飲食には気を遣うようだ。まあ裏も陰謀もない完全に店売りの食べ物なので、カカナの警戒心も低いようだが。

「お嬢様、半分こしましょう？」

まあそれはそれとして、軟派な皇子の発した「半分こ」というフレーズが、うちの侍女の心に響いてしまったようだ。

「今まで毒見なんてしてこなかったでしょ」

「大事なことだと思い直したのです。さあ半分こしましょう。半分ずつ食べましょう。仲良く半分ずつがいいです」

仲良くとか言われると、毒見という主旨とは事情が変わってくる気がするのだが……仕方ないな。

半分こに味を占めたリノキスが、浮島を移動するごとに、小さな何かを買うようになった。

ヒノクサンドが多いが、それでも島ごとに独自の名産や味付けがあるらしく、当初の「長丁場のちょっとした楽しみ」という目的は達成できた。

次の島のお菓子はなんだろう――そんな小さな楽しみは、心の余裕がない現状には、救いだとさえ思えるほど心を潤してくれたのだ。

ちなみに私のお気に入りは、紅茶の葉が入ったクリームを挟んだヒノクサンドだ。香りがよかった。

思わぬ協力や、ちょっとした発想で、無理が過ぎる過密スケジュールは順調にこなされていった。

そして――深夜にまで及んだ撮影は、ついに終わりを迎えたのだった。

◆

ヴァンドルージュ首都ユーネスゴに戻り、ホテルに到着したのは深夜だった。

半日以上にも及ぶ移動と撮影の繰り返しで、私もリノキスもスタッフも、見学として同行したクリストも、監視員として見張っていたカカナも、もう心身をすり減らしてボロボロである。

重い身体を引きずって昨日の豪華な部屋に戻ると、続々と倒れ込むように……というか本当に倒れた。

「――お帰り。大変だったな」

ヒエロ王子自らが出迎えてくれたりもしたが、それどころじゃない。

皆本当に疲れている。朝から夜にまで及ぶ長丁場は、私も初めてだった。

まさに地獄と呼ぶべきスケジュールである。

クリストまで床に倒れ、メイクの女の子と一緒に寝ているような感じになっている。もう誰かを気にする余裕さえも、すっかりすり減ってなくなってしまったのだろう。

私も倒れそうになったが、なんとかテーブルに着く。気を抜くと眠りに落ちてしまいそうだ。後ろに控えるリノキスも眠そうである。

「そちらは早かったのですね」

過酷な環境を想定した訓練もしてきたのだろうカカナは、表向きは平気そうだ。でも時々うとうとしていたので、彼女も疲れているはずだ。

「まだ作業が終わったわけではないからね。少し予定をずらしているんだ」

そう、ヒエロ王子たち一班は、少しだけ早めにホテルに戻り、先に編集作業を行う予定となっていた。つまり分業スケジュールを組んでいる。

と言っても、彼らも帰ってきたのは夜だろうが。

二班はこれから仮眠を取り、一班と入れ替わりで起床する予定だ。

そして交代して編集作業をこなし、明日の結婚式の準備までして、当日の撮影も行うこととなっている。

――はっきり言おう。地獄はまだ終わっていない。特にスタッフは。

「……まだ終わりじゃない、か……」

表向きは平気そうだったカカナの表情に、はっきりと疲労と嫌悪の色が表れた。あまりのスケジュールに感情が隠しきれなくなったようだ。

「監視は撮影に限りだったはずだ。もう今日の撮影は終わっているから、カカナ殿は休むといい。ガウィン殿は先に、別に取ってある個室に詰めているぞ」

ちなみにクロウエンも、同じように個室でもう休んでいるそうだ。彼女もお疲れのことだろう。

「そ、そうですか。確かに監視は撮影のみと聞いているが……」

「何か気になることでも？」

「これから編集という作業をするのでしょう？　どのようなものなのか気になっていたもので……」

「ああ……すまないが、そこは公開できないんだ。魔法映像（マジックビジョン）の仕組みや技術を教えることになってしまう」

「やはりそうですか。国家機密というやつですね」

ヴァンドルージュが、世界に誇（ほこ）る高水準の飛行船の作り方を秘匿（ひとく）しているのと同じである。……私も眠い。

「カカナ殿。もしや魔法映像（マジックビジョン）に興味が出たかな？」

「……そう、ですね……話には聞いていましたが、実際観たのは今日が初めてでしたので。皆にもいろんな話を聞かせてもらいました」

皆、というのは、私やクリスト、そしてスタッフたちである。

魔法映像（マジックビジョン）を理解したカカナは、撮影開始頃（ごろ）の警戒心はなくなり、その代わりに興味が湧（わ）いてきたようだ。いろんな質問をされた。

「では、私が広報用に持ってきた映像があるので、持っていってガウィン殿と一緒に観るといい。

ニア・リストンが出ている映像もある。彼女はアルトワールでは有名なんだ」

カカナが私を見る。尋常じゃなく眠いので頭が回らない。「出てますよー」とだけ言っておく。

「ぜひ貸してほしい」

操作方法を教わったカカナは、魔晶板と魔石とプレート一体型魔法陣の一式を持って部屋を出ていった。あのプレートに映像を記録した魔石を載せると、魔晶版に映像が展開されるとかなんとか。だったかな。……ダメだ本当に眠い。

「皆も休んでくれ。風呂も用意してあるし、空腹なら食事も注文しよう。クリストは起きろ、ここで寝るな。

ニア、君も部屋に戻って休むといい。顔を映す君が、明日に疲労を残すわけにはいかないからな」

……ふう、ようやく今日の仕事が終わったか。

こういう長丁場は、休める時に休むのが鉄則である。

これからまだ作業が残っているスタッフには悪いが、先に休ませてもらおう。私がここにいたところでできることはないし、明日に向けて体調を整えることも私の仕事だからな。

彼らは最善を尽(つ)くして映像を編集し、明日に備える。

私も最善を尽くして、しっかり休んで明日に備える。

彼らは彼らの仕事をし、私は私の仕事をする。

それだけのことだ。

「では先に休ませてもらいます」

後は任せて、私は休もう。

借りている部屋に戻り、手早く風呂に入ってとっとと出る。髪は明日の朝、起きてから洗うことにする。

途切(とぎ)れ途切れだった意識は、ベッドに飛び込(こ)んだ瞬間、一瞬で睡魔(すいま)に飲(の)み込まれた。


翌日。

今日も朝早くから起きて、風呂に入って髪を洗う。

少しだけゆったりした時間を過ごして紅茶を楽しみ、それから、もはやスタッフの詰め所のようになっている広い豪華部屋へ向かう。

「――二十九番の映像上がりました！　チェックお願いします！」

「――ここは切れ！　これとこれはこのままだ！」

「――映像、あと七つです！」

どうやら作業は大詰めのようである。

ヒエロ王子が映像をチェックし、細々と指示を出している。

王都放送局局長代理の肩書は伊達ではないようで、彼の指示にスタッフたちは機敏に動いていた。疲れた顔をして。

「おはようございます」

すでに道具類のチェックを済ませた、比較的余裕があるメイクの女の子が部屋に通してくれた。

「おはようニア。早速で悪いが機材を運んでくれるか？」

おっと、早速だな。……荷運びか。私に頼みたいというより、昨日のようにリノキスに頼みたいのだろう。

「わかりました。私と侍女で運びます」

「頼む。作業が終わったら、全員で最終確認がてら朝食を取ろう。――君、そろそろクリストたちとガウィン殿たちに、食堂に集まるように声を掛けてきてくれ」

ヒエロ王子に指示を出されたメイクの女の子が「わかりました！」と返事をし、部屋を出ていった。

私とリノキスで機材を運び、すでにホテルの前で待機していた大型単船に積み込む。

撮影用と結婚式用に用意してきた機材は、かなりの量である。それら全てを載せると、スタッフの一人が同乗して単船は出発した。先に機材だけ現地に運んでしまうそうだ。

それにしてもいい天気だ。

幸先がいいな。まさに結婚式に相応しい快晴である。

それから程なくして編集作業が終わり。

食堂の個室に、関係者全員が集まった。

昨日に引き続き疲れ果てている者、昨日から無精ヒゲが伸びたままの者、比較的昨日のスケジュールの影響をあまり受けていない者、昨日の今日でしっかり回復した者。

皇子や皇女や軍部のお偉い監視員たちも交じり、打ち合わせをしながら朝食を取る。

結婚式は、昼からだ。

だが私たちは、準備のために朝から向かう必要があるのだ。

朝まで作業した者は、これから風呂に入ったり少し休んだりして、こざっぱりとしてから参加となる。

そうじゃない者は、これからすぐに移動である。

――さあ、結婚式本番だ。

気合を入れていこうか！

◆

神への宣誓（せんせい）が終わったらしい。

立派な神殿（しんでん）から、来賓（らいひん）がぞろぞろと出てきた。

ここヴァンドルージュ皇国の名家ハスキタン家の長男と、マーベリア王国の高位貴族コーキュリス家長女の結婚式である。

招待された者たちは、錚々（そうそう）たる面子（メンツ）だ。

ヴァンドルージュの皇族も幾人（いくにん）か、そしてマーベリア王国の王族もいるという、上流階級の世界でさえなかなか見られない権力者ばかりだった。一応控えめにアルトワール王国のヒエロ王子もこそっと参加していたりもした。

これでも結婚式としては控えた方だというのだから、新郎（しんろう）新婦両家の持つ力は計り知れない。

なんでもコーキュリス家の祖父母が、体調を崩して動けず式に出席できない事情もあり、ならばと招待客を減らす方向で話をまとめたらしい。

面倒臭いことだが、貴族的な体面からだ。

来賓の人数から両家の力関係を邪推されかねないから、とかなんとか。あっちの家の客は少ないとか言われないように。

私としてはどうでもいいが、貴族社会では大事なことらしい。

結婚してからならともかく、結婚式までは、家名に恥じないよう見栄を張る必要があるのだとか。

老いも若きも大人も子供も、なかなか年齢層にはばらつきがある。

仕立ての良い服をまとう華やかな面子を、外で待っていた撮影班のカメラが捉える——前もって説明を入れてあるので、気にして二度見三度見する者はいるが、声を掛けてくる者はいない。

神殿内で行われた誓いの言葉の現場にも、言わば一班と言うべき撮影班のカメラが入っていたはずなので、今更珍しがるものでもないのだろう。

——来賓の拍手に迎えられて、新郎と新婦が出てきた。

白いスーツを着た、健康的で逞しい肉体を持つ青年と。

青年の腕を取り、レース飾りが美しい豪華な白いドレスを着た、ダークブラウンの髪の女性。

今世界で最も幸せな二人が、神の前でこれからも幸せである誓いを——あるいは幸せでありたいという願いを立てて、たくさんの人の祝福を受けて歩いていく。

僭越ながら、私も二人のこれからを祈ることだけはしておこう。

――さて。

「じゃあ行くわね」

ここを仕切っている現場監督と空軍総大将カカナに断りを入れ、私は走り出す。

そして、新郎新婦や来賓が出てきた立派な神殿の正面出入り口ではなく、脇にある小さな出入り口から出てきた一班の撮影班と陸軍総大将ガウィン組に合流し、次の現場へ向かう。


中の様子は一班が。

そして出てきたところは、二班が撮影を終えた。

これでひとまず、第一部の撮影は終了だ。

これからすぐに第二部である。


次の現場は、ハスキタン家の屋敷である。

大型単船二隻に乗り込んだ私とヒエロ王子を含めた撮影班は、新郎新婦と来賓より先に、こちらにやってきた。監視員のガウィンも一緒である。

先回りしてきた私たちは、すぐにここにやってくる新郎新婦と、それから少し遅れて到着する来賓の撮影を行うのだ。

第二部――立食パーティーの準備はすでに整っており、料理こそまだ並んでいないが、広大な庭先にはたくさんのテーブルが設置されている。真っ白なテーブルクロスが陽の光を反射して眩しい。きっと今頃、台所は戦場になっていることだろう。

本当に、天気が良くて何よりだ。

まあ仮に天気が悪くても心配はいらないが。屋敷内に充分なスペースがあるからな。

「――この角度から、この辺までならいいかな」

ガウィンと最終的な打ち合わせをする。

外の撮影――正確にはヴァンドルージュの情報が漏れるような映像を撮ることは禁止されているが、今日だけは少し規制が緩和されている。

カメラの向きと角度によっては、ここハスキタン家の屋敷が映ることは避けられない。だからその辺の撮影は許可された。

出迎えの撮影は別として、基本は「屋敷をバックに撮る」という形ならいいようだ。

そんな最終確認をしている内に、程なく新郎ザックファードと新婦フィレディアが、結婚式使用に飾られた白い単船で帰ってきた。

「ご結婚おめでとうございます」

敷地内まで乗り込んできた船から下り立つ二人に歩み寄り、私は抱えていた花束を渡して祝福の言葉を贈った。

「ありがとう、ニア」

精悍な顔に不器用な笑みを浮かべるザックファードと、この上なく柔らかな微笑みで花束を受け取るフィレディア。

そんな二人の姿は、私込みで、しっかりと撮影されている。

フィレディアはここでお色直しなのである。

ここまでは嫁入りするハスキタン家を立てるために、この国でデザインされたドレスだったが。

ここからは彼女の祖国であるマーベリア王国の花嫁ドレスになる。色こそ同じだが基本的デザインが結構違うのだそうだ。

「代わるわ」

「え？　……あ、はい」

私は、引きずらないようフィレディアのびらびらした豪奢なドレスの裾を持っていたハスキタン家の使用人から仕事を奪い、そのまま二人と一緒に控室へと向かった。

「――ふう。ちょっと疲れたな……フィル。水、飲むか？」

屋敷の二階に用意されていた部屋に入ると、ザックファードはテーブルに用意してある水差しからカップに水を注ぐ。

私たちにとっては昨日一昨日がピークだったが、今日が本番の新郎新婦は、ついさっきまでの第一部で一気に気疲れしたようだ。

両家関係者どころか、他国の王族まで来ている結婚式だ。失敗できないのは本日の主役たちも同じである。踏ん張りどころだよな、お互い。

この後、来賓とおしゃべりしたり酒を飲んだりと、さながら上流階級のパーティーのようなものが始まるので、主役が一息つけるのはここしかない。

まあ、だからこそ、私もここにいるわけだが。

「……それで、ニア？　何か話があるのよね？」

ザックファードから水を貰ったフィレディアは、私がここにいる理由を聞いてくる。

そう、今朝会った時に約束していたのだ。

このタイミングで話があるから会ってほしい、と。

すぐ傍には、お色直しを手伝うために使用人が待っている状態なので、あまり時間はない。来賓もここに向かってきているしな。

もったいぶらずに行こう。

「こちらを」

先に部屋に置かせてもらっていた魔晶板を取り上げ、化粧台（けしょうだい）の前に座（すわ）るフィレディアと、そのすぐ横に立っているザックファードの前に浮かべる。

「お二人に祝福の言葉を届けたい人がたくさんいたので、預かって来ました――今なら遠慮（えんりょ）なく泣けるでしょう？」

「……？」

「泣く？」

新郎も新婦も言っていることが理解できなかったようだが、大丈夫（だいじょうぶ）。観（み）ればすぐに理解できる。当事者じゃないカカナでさえそうだったのだから。

二人が観ている前でスイッチを入れ、魔法映像（マジックビジョン）を映した。

――さあ泣くがいい。

アルトワールの撮影班が、命を削（けず）るようなスケジュールで撮影をして編集を済ませた映像だ。ぜひ楽しんでくれ。

この映像、来賓と一緒に観せるような形が望ましい、という意見が多かった。

彼らにとっては大事な結婚式だが、私たちにとっては大事なアピールの機会である。

国の重鎮とも言える錚々たる面子が集まるのだ。

魔法映像を売り込み宣伝するという目的を果たすのであれば、いきなり観せた方が与える衝撃は大きいだろう。

だが、その多数決に待ったを掛けたのは、皇女クロウエンだった。

――「新婦を泣かせる気か？　結婚の予定のない私でさえ涙腺が緩んだんだぞ。化粧は落ちるわ鼻水は出るわ、嬉しいやらありがたいやらだけでは済まなくなるのは目に見えている。自重しろ。恥を掻かせるな」と。

――「ただでさえ来賓もいて色々と気を張っている中で、後々文句が言いづらい追い込み方をするな」と。そう言われた。

なので、このタイミングだ。

着替えていない今なら、まだ。

神殿から出てきた時に来賓から掛けられる、祝福の言葉として伝えられる。

式に参加できなかった、式に参加したかった、二人と縁のある者たちの言葉を。

果たして泣くかな、という根本的な疑問もあったが――。

「あ、ダメだわこれ。これダメだわ」

一人目の姿と言葉で、これが何の映像なのか理解して。

二人目の祝福の言葉が流れ出した時、フィレディアは小さく呟くと同時に、ぼろぼろ泣き出したのだった。

「うっうぅぅぅうう……ぐううう……！」

で、最終的にはフィレディアより、ザックファードの方が号泣する、と。

「泣きすぎでしょ……」

新郎の泣きっぷりに新婦が引いている。

フィレディアは最初の波を越えた辺りから、割と平気そうだった。まあザックファード

が派手に泣き出したからびっくりして止まったのかもしれないが。

「――以上になります」

映像が終わったので魔晶板を回収する。新郎新婦のほかに、控えている侍女までちょっ

と来ているようだ。

しばしの柔らかな沈黙を経て。

「ありがとう、ニア。とても素敵な映像だったわ」

映像が終わってもハンカチをびしゃびしゃにしているザックファードを置いて、フィレディアが微笑む。

「お礼ならヒエロ王子にお願いします。これはあの方から友人の結婚式への贈り物です」

この魔晶板と「祝いの言葉の魔石」は、二人へのプレゼントになる。もちろん結婚式で撮った映像も全てだ。

これも規制の内に入っているのだ。この国で撮影した映像をアルトワールに持ち帰ることはできない、と。

そこまで約束した上で、ようやく撮影の許可が下りたのだ。

クリストも言っていたが、ヴァンドルージュ皇王の警戒心はかなりのものである。まあ当初のカカナの警戒っぷりを思い出せば、彼女の態度こそ皇王の心境そのものだったのかもしれない。

理解が進めば対応も変わってくると思うが、それはさておき。

この結婚式で撮った映像は、見やすいように編集して、残していくことになる。

そして、想定では、結婚式に来られなかった人――フィレディアの祖父母に観せるために、彼女の祖国マーベリアへ行くかも、という感じになると思う。

「まあ、ザックはちょっと心を揺さぶられすぎたみたいだけれど……いいわね」

しみじみとフィレディアは語った。

「今日は、家の付き合いと、家格に見合う来賓しか呼べなかった。でも本当に祝福してほしかった人たちは、今の映像の中にいたわ。家も身分も関係なく親しくなり、修学館で一緒に笑ったり怒ったり泣いたりした人たち。しばらく会っていない友人の姿も見られた。同じ『結婚おめでとう』でも、言葉の重さが違うわよね。心に響いたわ」

同感だ。映像にも残っているが、言葉を貰いに行った時、祝福の言葉を紡ぎながら泣く人もいたのだ。

互いが泣いたのである。

互いに思い入れがある証拠だろう。

「す、すまん……私もしばらく会っていない友人や恩師の姿に、急に込み上げて来てしまった……」

ザックファードも落ち着いてきたようだ。

「こんなに泣いたのは子供の頃以来だ。恥ずかしい姿を見せてしまったな」

「本当よ。本当に本当よ。本当だからね」

うん……新婦はやや辛辣だが。

「本当に懐かしかったのだ。もう十年会っていない友人を見た瞬間、……ちょうどニアの歳くらいの記憶が蘇ってな。服を泥だらけにして、庭を走り回っていたあの頃と、今を比較して、せ、成長した、な、って……」

それは新婦の父親辺りが思うやつじゃないのか？　娘の成長を思い出して堪え切れなくなるやつじゃないのか？

「まだダメじゃない。もう今の内に涸れるまで泣いておきなさいよ」

うむ。想定とちょっと違うが、クロウエンの言う通りだったな。先に観せておいて正解だったようだ。

……新婦より新郎の方が泣くのか。想定外だな。

いや、まあ、それよりだ。

「実はもう一つ伝えたいことがあって――」

言わない、という選択肢もあったのだが。

この様子だと、特に新郎にとっては言っておいた方がいいと判断したので、ちゃんと伝えておくことにした。

こんなチャンスは二度とないかもしれない。

ゆえに、私たちは最善を求めるのだ。

新婦のお色直しと。

ついでにしっかり顔を洗ったりなんだりで袖を濡らした新郎も着替えをして。

神殿で見送った来賓たちがゆっくりやってきて、玄関ホールに集まった頃、二人は再び姿を現した。

ついさっき号泣したとは思えないほど精悍な顔をした新郎ザックファードと、そんな新郎に「涸れるまで泣いておけ」と言い放ったとは思えないほど粛々とした雰囲気の新婦フィレディア。

並び立つ姿は、非常にお似合いだ。

たぶん性格的にもお似合いなのだろう。ややきつめの新婦に、包容力のある新郎だ。

こうして機会があって結婚式に関わった身としては、やはり、これからも幸せになってほしいものだ。

ここから第二部だ。

来賓の拍手で迎えられた新郎新婦は、二階からゆっくりと下りて……は、来ない。

私が話したからだ。

これからここでこういうことが起こるから心の準備をしておけ、と。もう泣いちゃダメだからと。

――ふっと、玄関ホールの灯(あか)りが落ちた。

それに合わせて、壁際(かべぎわ)に控えていた使用人たちが各窓のカーテンまで閉めて、外の光が極力入らないようにする。

よし、朝早くから練習もしただけに、完璧な連携(れんけい)である。

一瞬(いっしゅん)で暗くなった玄関ホールに、何事だとざわつきが広がり――誰かが「あっ」と声を上げた。

――「ザック！　フィル！　結婚おめでとう！」

左手側……新郎新婦から見ると右手側に、ただの人としては大きすぎる人が浮かび上がっていた。

皆驚(おどろ)いている。

淑女(しゅくじょ)や子供は悲鳴を上げるほどに驚いている。

私も驚いていた。

準備の段階から知ってはいたが、こんなに大きな――人の背丈(せたけ)を大きく超(こ)えた巨大(きょだい)な魔晶板なんて、見たことがなかったから。

これが新開発されたという大型魔晶板か。すごい迫力(はくりょく)だ。

——映像は、昨日一班と二班で撮ってきた「祝いの言葉」を編集したものだ。

飽きる前に終わるよう新郎新婦に向けた個人的なメッセージは切って、たくさんの人の「おめでとう」の部分だけを繋いだ内容となっている。

それにしても、一班の映像の既視感がすごい。

修学館……アルトワールで言うところの学院にも撮影に行くとは聞いていたが、たくさんの生徒たちがごちゃごちゃ集まって「おめでとう」と言う、このごちゃごちゃな映像は、去年ヒルデトーラと一緒に撮った学院案内のようだ。

とにかく、なかなかの衝撃である。

魔法映像に慣れている私でさえ驚くのだ、まだあまり馴染みのないヴァンドルージュ、マーベリアの人たちが受けた衝撃は相当なものだろう。

映像は、あっという間に終わった。

驚き、放心して、ただ目の前の衝撃から目が離せなくなっていた来賓たちは、明るくなってもしばらくその場から動かなかった。

真っ先に動いたのは、新郎だった。

また泣いてしまったようで、そそくさと新婦を連れて控室に戻るのだった。

大型魔晶板の衝撃は大きかった。

新郎新婦には事前に話したが、お偉いの来賓方には不意打ちで食らわせた先制攻撃である。効果がないでは逆に困る。

まあ、この後は立食パーティーみたいなものになるので、進行には大した影響はないだろう。

「――お疲れ様」

続々と料理が運ばれる庭の片隅。

ヒエロ王子に集められたミルコを筆頭とした撮影班と、クリスト、クロウエン、そして私とリノキスは、王子から直々にお褒めの言葉を賜る。

一応監視役を続行しているガウィンとカカナも一緒にいるが、さすがに彼らは含まれない。……まあすでに仲間意識はなくもないが。

「今回の撮影はかなりの過密スケジュールだったが、ようやく落ち着けるところまで来た。あとは予定通り、催し物や余興を撮影するだけでいいだろう」

この辺まで来れば、もう撮影は終わったようなものである。

ここにいる来賓の面子が面子なだけに、映像として証拠を残すような真似はあまりしない方がいいだろうという判断の下、撮影は控えめになる予定だ。

……ようやく終わりが見えてきたな。

今回は疲れた。

リストン領の撮影からぶっ続けだったから、特にきつかった気がする。

「では、一時解散だ」

その言葉に、全員の張り詰めていた緊張が緩んだ。

朝も夜もなく追われていた仕事から、一時的にではあるが、ようやく解放されたのだった。

……まあ、一部の人は除く、という感じでもあるが。

「これでいいのか？」

「ああ。使い方はわかるな？　――そう、そこを操作するんだ。結構重いだろう」

「だな。大変だな、カメラ職人」

撮影班たちは来賓ではないので、解散後はハスキタン家に用意してもらった待機部屋に引き揚げていった。

荷物を置かせてもらったりしていた部屋である。今頃はそっちで、パーティー用の料理をつまんでいたり、仮眠を取ったりしていることだろう。

ちなみにリノキスも、撮影班と一緒に下がってもらった。彼女は正装ではなく侍女服なので、こちらの使用人と交ざって紛らわしいことになりかねない。

そして、解散の声から漏れた「一部の人」は、まだ庭の片隅にいた。

ヒエロ王子の声に従いカメラを担いでいるのは、クリストである。

非常に皇子らしくない姿ではあるが、しかし、この来賓の中で堂々とカメラを回せる立場の者と言われると限られる。

なので、当人の希望を聞く形で、クリストに撮影を経験させるという流れができた。

「何か困ったことがあれば、ミルコに聞くといい」

「わかった。頼むよ、ミルコ。――行くぞクロウ。ガキども撮りに行こうぜ」

「はしゃぎすぎて転ぶなよ」

カメラを担いだクリストが走り出すと、ミルコとクロウエン、そして監視であるガウィンとカカナも行ってしまった。

――魔法映像の衝撃は、強烈かつ鮮烈だった。

特に子供は、強く影響を受けた。

大人のパーティーなんて退屈なものだ。そこに来て格好の玩具があったという体である。

玄関ホールに用意した大型魔晶板は、すぐに片付けようとしたのだが、一部の大人や子供たちの強い要望もあり、そのまま残されることになった。今はヒエロ王子が持ってきた広報用の映像が流れているはずだ。

そして今度は「ヴァンドルージュ側の人が実際に撮る・撮られる」という段階、いわゆる試行活動に入った。

うまいこと好印象を与えることができれば、売り込みとしての効果は高くなるはず――というか話術が得意なクリストのことだ、きっとうまくやってくれるだろう。

「ニア、今回は本当にありがとう」

それぞれが去っていき、残ったのはヒエロ王子と私だけだ。

あと少しばかりやることがある私も、ある程度パーティーに参加することになっているので、待機部屋に帰れない「一部の人」である。

「仕事ですから」

それも二千万クラムの。

確かに大変だった。気を遣うことが多かったし、スケジュールの無茶もひどかった。

だが――金のことは別としても、必要な仕事だったと思っている。

「成功ですか？」

「間違いなく」

ヒエロ王子は、立食パーティーで談笑(だんしょう)している来賓の老若男女(ろうにゃくなんにょ)を見る。

「彼らに直接魔法映像(マジックビジョン)を観せることができた。その時点で成功さ」

ふむ、そういうものか。

……いや、そうだな。そうかもしれない。

最初は結婚式の撮影だったのだ。

その約束を取り付けるまでが大変で、年月を掛けてやっと許可が取れたと聞いている。

それを拡大解釈(かいしゃく)を踏まえて企画(きかく)を広げ、魔法映像(マジックビジョン)の撮影も映像も介入(かいにゅう)する結婚式に繋げることができた。

「ザックファード様とフィレディア様に感謝ですね」

私たちは彼らに結婚式に呼ばれ、また彼らが撮影の後押(あとお)しをした。彼らの協力がなければ実現できなかったことである。

「そうだな。望外の協力を無駄(むだ)にしないためにも、ぜひ売り込みたいところだ」

「うまくいくといいですね」

魔法映像(マジックビジョン)を売り出す活動なら、私もしている。頑張(がんば)っても頑張っても、どれだけ頑張っても、ほんの少しずつしか進展しない。それがもどかしい。

アルトワール国内でもそうなのだ。

それが他国へと言うなら、いったいどれだけ大変なのか。想像もつかない。

「そう願うよ。……まあれを観て何も思わない、欲しいとも思わないなら、私はもうこの国に売り込むのは諦めるがね。先見の明がなさすぎる」

それも一つの選択だろう。

時間は有限だからな、引き際も大事だと思う。

「――失礼、アルトワール王国のヒエロ殿下ですかな？」

庭の隅でこそこそ話をしていると、立派な白い髭をたくわえた老紳士が声を掛けてきた。

「――はい。ヒエロ・アルトワールと申します」

これまた立派な王子様感あふれた営業スマイルで、ヒエロ王子は対応する。

「――ザック君より、例の、あの動く絵のことを聞きましてな。ぜひ詳しくお教え願いたいのですが」

「――ええ、何でもお聞きください」

どうやら観せた効果が早速表れたようだ。……動く絵、か。よく知らない人からすれば、そういう解釈になるのか。

「では私はこれで」

「おっ、と。歓談中にすまなかったね、お嬢さん」

「いいえ。大人のお話の邪魔はできませんから」

老紳士に断りを入れ、私はその場を離れた。

売り込み、うまくいくといいな。


何か食べようかと料理を物色していると――来た。予想通りに来た。

「ほんとだ！　ニア・リストンだ！」

「だろ⁉　やっぱりだろ⁉　やっぱりそうだろ⁉」

「本物！　本物！」

「えー？　本物ぉー？　なんか映像の方が可愛いかったよぉー」

玄関ホールで流れている広報用の番組を観たのであろう子供たちが、わーっとやってきて私を囲んだ。

年齢層は、同年代から少し上までか。六人ほどいて、全員小学部って感じだ。

「――おいおい待て待て。まずちゃんと挨拶をしないか」

わーっと来た子供たちのすぐ後から、カメラを構えたクリストとクロウエンが追いかけてくる。

「初対面の時、クリスト様も似たような反応でしたよ？」

「しーっ！　それは言わない約束だろ」

した覚えはないが。

羨望、好奇心、好機、あるいは少しの嫉妬もあるか。

子供たちの輝く視線を一身に受け、私は一礼した。

「初めまして、紳士淑女の皆さん。ニア・リストンです」


ヒエロ王子が魔法映像についていろんな人に質問されるのは、想定されたことである。

来賓は、力のある者たちばかりである。そんな人たちに直接魔法映像を語ることができる……そんなチャンスが今まさに巡ってきているのだ。

しかし、ここで問題となるのが、大人の都合で式に参加させられている子供たちである。

興味を持てば、表向きは遠慮がなくなるのは大人より子供の方である。大人は取り繕うからな。面倒臭い駆け引きとかも始まるしな。

そして子供が接触すると大人同士の話し合いの邪魔になってしまう。

――そこで、私の出番だ。

私の役割は、子供に対応すること。

魔法映像で観たことを実践してもいいし、魔法映像の撮影のこぼれ話だってある。もちろんそのものの説明だってできる。いざとなれば首にトンッで寝かしつけるのも得意だ。

そして、私や子供たちは、撮影されてもいいのだ。

クリストが今撮っているであろうこの光景も、ヴァンドルージュではきっと広報の役に立つはずだ。

こういう風に撮ってますよ、そして撮れますよ、と。

撮影の現場を、今目の前で披露しているようなものである。これを見ている来賓たちに効果がないはずがない。

ヒエロ王子はヒエロ王子のできることをやる。

私は私ができることをやる。

売り込むために、最大の努力をするのだ。

最後まで気が抜けないヴァンドルージュの結婚式でも、皆それぞれができることをこなした。

そんなこんなで陽が暮れ、大きな問題もなく、ついにお開きとなるのだった。

「では王子、いずれまた」

ザックファードとフィレディアの結婚式の翌日。

私とリノキスは帰り支度（じたく）をし、朝も早くからホテルのロビーにいた。

「ああ。今度は仕事抜きで食事にでも行こう」

見送りは、同じホテルに泊（と）まっているヒエロ王子だけである。

ミルコ・タイルと撮影班は、昨日からハスキタン家に宿泊（しゅくはく）している。結婚式で撮った映像の編集作業をしているのだ。それが終わり次第（しだい）帰国、ということになる。

そしてヒエロ王子は、式で披露した魔法映像（マジックビジョン）について聞きたいと、いろんな人に呼ばれているとか。しばらくアルトワールには帰ってこないかもしれない。

「仕事抜きは無理でしょう。どうせ企画の話に熱中するのが目に見えています」

「ははは、そうかもしれないな。だがそれもいいじゃないか」

まあ、私たちの共通の話題なんて魔法映像（マジックビジョン）くらいしかないから、仕方ないことか。

「ザックファード様とフィレディア様によろしくお伝えください」と言い置き、私たちはホテルを出るのだった。

今回も慌ただしい滞在だった。

ヴァンドルージュに来たのは二回目なのに、観光どころか街を歩く暇さえなかった。できればもう少しゆっくりしたいのだが――。

しかし、もうすぐ春休みが終わる。

新学期が始まるのだ、帰らないわけにはいかない。

「お嬢様」

彼方から明るくなっていく空の下、港へ向かってのんびり歩いていると、リノキスがこんなことを言い出した。

「しばらくこの国に来ることはないでしょうし、最後に蟹を食べて行きませんか？」

「え？　……仕方ないわね」

朝食はホテルで取っただろうに。

そもそもまだ店はやってないだろう。……いや、港の食堂なら、朝の早い船乗りに向けて開店しているだろうか。

蟹、うまいんだよな。

リノキスは気に入ったようだし、私も好きになった。

昨日のパーティーでも、蟹の身をクリームであえたものを挟んだサンドイッチがあったが、非常においしかった。

よし、せっかくだし最後に食べていくか。朝食は取ったが、少しなら入るだろう。なんなら昼食用に蟹の入った弁当を買うのもいい。

「ガンドルフたちの土産にどうかしら？　ああ、でも蟹って日持ちしないわよね？」

「そうですね。土産物には適さないかと」

だよな。生物は避けた方がいいだろう。

「まあガンドルフには小さい魚の干物、リネットには中くらいの魚の干物、アンゼルとフレッサには極小の魚の干物くらいでいいと思いますけどね」

さすが私の侍女、ほかの弟子には冷たいな。

まあ魚の干物にするかどうかもまだ未定だがな。ヴァンドルージュは特に海産物が有名ってわけでもない。蟹はうまいが、まだ流通が始まったばかり、という感じだそうだからな。有名になるのは今後だと思う。

どれ、何があるか港で探してみるか。

◆

冬休み同様、アルトワール王国に帰ったらすぐに新学期が始まった。

春休み直前に採寸した新しい制服を着て、今日から私は学院小学部二年生である。

といっても、特に変化があるわけではないが。

明確な変化と言えば、寮部屋の場所と、通う教室が変わったくらいか。

六年生が卒業、あるいは中学部に進級ということで貴人用女子寮からいなくなったのも、大きな変化と言えるかもしれない。だが私は上級生に親しい者がいたわけではないので、あまり気にならない。

「――ニアちゃん……お別れだね……」

「――ニアちゃんと一緒にいたいよぉ……」

と、春休み前に泣かれた相手もいないではないのだが……。

しかし、彼女らにとっては魔法映像でよく見る顔だけに馴染み深かったのかもしれないが、私にとっては同じ寮にいたほぼ顔見知り、ってだけである。

さすがに温度差が激しかった。

「――私もです」

まあ、一応そう言っておいたが。

ここで「泣かれるほど親しくないじゃないですか」などと言っても、何の得にもならないし意味もないからな。

真実が人を傷つけることもある。いつだって真実が正しいとは限らない、と思うがゆえの優しいやつである。


「おはよう、ニア」

ああ、そういえば、明確な変化と言えばこれもあったか。

「おはよう、レリア」

部屋を出たところで、ちょうど同じように出てきたレリアレッドと会う。

——そう、寮の部屋が変わったことで、レリアレッドとは隣の部屋同士になったのだ。

この割り振りは偶然なのか故意なのか。学院の意向なのか。

「ねえ、あの話聞いた？　学院に放送局ができるかも、って話」

ん？

「その話ならレリアと一緒に聞いたじゃない」

——三学期の終わり頃、私とレリアレッドが一緒にいる時、学院内にある撮影班の監督をしている中学部生に偶然会ったのだ。

その時に、そんなこぼれ話を聞いた。

学院の撮影班は、去年開催された学院武闘大会から発足し、今も何かしら活動している。

最初は有志の集まりだった。

現に私は、彼らが素人同然だった頃を知っている。というかまあ、私が育てたと言っても過言ではないかもしれない。……いや、さすがに過言かな。

しかし今や、王都放送局の本職に学んだり撮影に同行したりと下積みを重ね、随分慣れてきた。職人ではないが、素人の学生とも呼べないくらいにはなっていると思う。

まだまだ未熟な面も多々あるとは思うが、最低限の撮影はできるようになっている。そしてこのまま経験を積んでいけばもっと伸びていくことだろう。

「その続報。本決定したそうよ」

おお、そうか。

「学院側が正式に認めたのね」

「ええ。正確には『準放送局』という立ち位置みたい。国からお給料とか出ない、あくまでも学院内限定の撮影班って感じね」

いやいや。

「それでも充分でしょ。今まではあくまでも自称だったんだし」

「ね。びっくりしたわよね。自称」

うん、驚いた。

実は有志を集めただけの自称撮影班だって聞いたのも、三学期のその時だったから。そりゃ素人のはずである。

「でも肩書きだけじゃなくて、意味合いはもっと大きいみたいよ。学院から活動費が出るみたいだから」

それは素晴らしい。撮影用の魔石とか機材って高価だからな。

「でね、私とニアにも、所属してほしいんだって」

「無理じゃない？」

思わず即答してしまった。

でも仕方ないだろう。考える余地さえない提案なのだから。

「そうよね。でもヒルデ様は入るらしいわよ」

「え？　それも無理じゃない？」

ありがたいことに、私もレリアレッドもヒルデトーラも、頻繁に撮影関係の仕事があって忙しい。こんな身で学院の放送局でまで活動するなんて難しいだろう。

特に私の場合は、弟子の育成と十億クラムの件もある。

　これ以上用事が増えると、必ず手が回らなくなる。どれかが疎かになるだろう。ただでさえ余裕のある時ない時の差も激しいし。忌々しい宿題もあるし。修行をさぼり気味のリノキスの面倒も見たいし。荒行もしたいし。

「まあ、これも続報待ちって感じよね」

　そうだな、今結論を出すこともないだろう。

　そんな話をしながら、私たちは校舎へ向かうのだった。

　――新しく入ってきた一年生たちの好奇の視線を浴びながら。

　そして放課後。

　今日は学院長の挨拶と新年度の説明のみで、授業はない。

　来た時と同じように、レリアレッドと一緒に寮へ戻ると……寮の前に人垣ができていた。

　場所的に子供だけだが、女子寮の前だというのに男子生徒の姿も多い。

「何だろ？」

　レリアレッドに問われたが、心当たりがないので「さあ？」としか答えようがない。

　だが、それが何かはすぐにわかった。

「――おかえりなさい。では行きましょうか？」

人垣のど真ん中にいたのは、今朝正式に認可されたことを聞いたばかりの学院放送局スタッフと、ヒルデトーラだった。

一瞬の既視感を覚えると同時に、用件もわかってしまった。

「学院案内の撮影、今年もするんですか？」

レリアレッドもすぐにわかったようだ。

「ええ。むしろやらない理由はないでしょう？」

まあ、ヒルデトーラの言う通りではある。

去年のごちゃごちゃっとしたやつ、評判がよかったらしいから。評判がいいならやらない理由はない。

……うむ。新入生にとっては、これもある意味では入学祝い代わりのイベントになるのかもしれない。

なら、やるべきなのだろう。

今度は在校生として、歓迎の意を込めて。

こうして、今年もまとまりなんて一切ない、たくさんの子供が入り乱れて何一つ予定通りいかなかった、ひどい学院案内の映像を撮るのだった。

——二年生が始まる。

◆

新年度が始まってしばしの時が流れた。

急に親元を離れての寮暮らしとなり、不安定になっていた新入生が落ち着いてきた頃である。

撮影も順調で、弟子の育成も順調である。

十億クラムの件も、一応順調と言えるかもしれない。私が参加できないのでまとまった額が稼げているわけではないが、それでも少しずつは増え続けているようだ。弟子たちの協力に感謝である。

王様からも連絡があった。

「今度の夏の終わりまでに四億以上あれば、大会の開催は充分可能と見なす。金は多ければ多いほどいいが、四億貯まった時点で準備を始める」とのこと。

開催予定日は、来年の冬。

今から数えると、約一年と半年後ということになる。

去年王様が言っていたように、一年掛けてじっくり広報活動を行い、他国からも来賓や参加者を募る、大きな大会にする予定なんだとか。

今現在で二億以上の貯金がある。

そして冬の終わり頃から、すでに夏の狩猟計画を組み立てている。金を稼ぐ旅程を考えている最中である。

現段階の未完成な計画でも、今度の夏休みで、四億クラムは超えそうである。

まあ、資金はあればあるほど大規模な大会になるはずなので、継続して十億以上稼いでいくのも悪くないかもしれない。

魔法映像関係は、例の紙芝居の公開から、シルヴァー領のチャンネルの人気が高い。

王都でもリストン領でも、後追いの紙芝居はやっているが……シルヴァー領のものと比べるとやや劣る、と言わざるを得ない。

やはり画力だろうか。

シルヴァー家次女リクルビタァを筆頭に紙芝居チームが発足しているらしく、皆優秀である。それに視聴者を飽きさせない工夫に、物語の構成もうまい。

同じ史実や戦記では敵わないと見切りをつけ、違う路線で攻めた方が有効かも——とは、同じく後追いで頑張っている王都放送局側のヒルデトーラの弁である。

私も納得したので、両親宛てに「こんな意見が出てますよ」と一筆したためて送っておいた。

次点で、王都放送局のチャンネルが伸びてきている。

企画発足からやたらめったら撮り続けてきた「料理のお姫様」が、着実に視聴者に根付いてきているようだ。

定番となった番組は強い。

特にヒルデトーラの「意外と会えるお姫様」のキャッチフレーズと相性が良いらしく、件の番組で一般人と触れ合う機会も多いというのも、受けがいいようだ。

特に主婦層である。

これまであまり動いていなかった視聴者層が、この番組に吸い寄せられているのだとか。

悔しいが、リストン領の伸びはあまりないかもしれない。

当たり企画と言われた「追いかけっこ」も、いいかげん犬に走り勝つのが当たり前になってしまっている感があり、飽きられてきている気がする。

なんらかの捻りを入れる、あるいは発想を飛躍させるべき時が来ていると思うが……だが肝心の企画を思いつかないのが現状だ。

「今度は危険な肉食獣から逃げ切る的なものはどうか」と提案するも、即答で却下された。

命を張るような真似はさせられない、と。私は全然平気なのに。

職業訪問も、主立ったところは回ってしまったからな……さて、どうしたものやら。

そんな昨今のことである。

「へえ、ついに専用の家屋ができたのね」

新学期の初めに聞いた学院放送局の続報が入り、ついに彼ら専用の建物——専用の放送局が、学院の敷地内にできたそうだ。

今までは空き教室を借りて機材を置いたり集まったりしていたそうだが、これで機材置き場にも溜まり場にも困らなくなったわけだ。

「おまけに、早速新メンバーが増えたみたいよ」

放課後、寮部屋でリノキスと兄専属侍女リネットの修行を見ていると、レリアレッドが話を持ってきてお茶の最中である。

色々とタイミングが悪いが、邪険にもできない。

まあ、リノキスとリネットは、隣にある使用人用の部屋で修行を続けているが。狭くて窮屈だろうけど今は我慢してほしい。

「ほら、時々聞かれてたでしょ？　魔法映像に出るにはどうしたらいいか、とかさ。そういう子たちが入ったみたい」

ああ、なるほど。確かに時々そんなことを聞かれたな。

「つまり私たちのような演者が増えるかもしれないのね」

人気が出たら、学院ではなく王都放送局で起用されたりもするんだろうか。私の代わりにリストン領で働いてくれる人材が増えたなら、私も楽できるかも――。

「――危機よ」

……ん？

楽観的に考えていた私とは正反対に、レリアレッドの目は据わっている。子供ながらになかなか覚悟を感じさせる目である。

「私たちの人気を奪い、追い抜いていくかもしれない若い芽が出てきたのよ。危機でしかないじゃない」

若い芽って。まだ十代にもなってないレリアレッドも充分若い芽だと思うのだが。無論魔法映像に関わっている時期も短いし。

「でも止められるものじゃないでしょ、そういうのって」

武の世界だってそうだ。

後から来た新参者のくせにすぐに強くなった、なんて話はよくある。何事も呑み込みの早い者なんてたくさんいるだろう。

人と競うのももちろん大事だが、結局最大の敵は己だったりするのだ。

他所事にかまけて自分と向き合うことを忘れたら、そういう時こそ、武の道も人の道も踏み外すのである。

焦りを感じる時こそ自分を見詰める時だ。

落ち着いて、自分が何をするべきか正確に把握し、そして物事を――。

「ここはガツンと言ってやるべきだわ。魔法映像の世界はそんなに甘くないってことを。ガツンと教えてやらないと」

…………。

こういうのもいるよな。優秀な後輩の邪魔をする嫌な先輩みたいな奴。

「――というわけで、様子を見に行きましょうよ」

え？　あ、そう繋がるのか。

「私も？　私は暇じゃないんだけど」

今日はたまたま撮影がなかったが、だからこそやるべきこともあるというか。

現に弟子の育成というやるべきことをしていたのに。この後はガンドルフの様子も見に行くつもりだったのに。

「私も暇じゃないよ。でも一度くらいは挨拶に行ってもいいと思うわ」

挨拶ねえ。

「挨拶なら行ってもいいと思うけれど。でもレリアの挨拶って挨拶じゃないでしょ？」

なんというか、挨拶代わりの一発を見舞(みま)いに行く的な意味だろう。新入りを牽制(けんせい)しに行く的な意味だろう。

まあ、嫌(きら)いな発想ではないが。

武術関係で、かつ暴力関係の意味での挨拶だったら、喜んで付き合いたいくらいではあるが。最初にかましておくって結構大事なことだからな。

なめるなよ、と。この業界をなめたら大怪我(おおけが)するぞ、と。

先輩としてちゃんと教えてやらないとな。

……でもレリアレッドの挨拶ってちょっと意味が違わないか？

「私たちは結局所属はしてないけど、ヒルデ様から声が掛かれば学院放送局にも協力するでしょ？　だったら顔合わせはしとかないと後々面倒臭いわよ」

「いやだから、挨拶に行くのは反対してないわ。レリアの挨拶の趣旨(しゅし)が問題だって話を」

「――挨拶に行くのは決定ね！　じゃあ明日(あした)行くってことで話を通しておくね！」

言いたいことだけ言い放って、レリアレッドは部屋を出ていった。

……まあ、レリアレッドの言うこともわかるし、そもそも挨拶に行くのは反対じゃないのではないが。顔合わせもしておいた方がいいだろうしな。精々彼女がやりすぎないよう、傍(そば)で見張ることにしよう。

学院放送局に挨拶に行くことを約束した翌日。

今日も撮影はないが、予定は入っていた。

劇団氷結薔薇(アイスローズ)の「氷の双王子(そうおうじ)」こと座長ユリアンとルシーダ、そして看板女優として売れてきているシャロに呼ばれていて、会う予定があったのだ。

特に用事があるわけではないが、久しぶりに顔を合わせてお茶をしよう、と。誘(さそ)われたので応じたのだ。

それから、時間があればアンゼルたちの様子を見に行きたかったのだが。

急にレリアレッドの約束が割り込んできてしまったので、アンゼルの酒場に行くのは見送りである。

学院放送局に挨拶に行って、それから劇団氷結薔薇(アイスローズ)の面々に会う。今日の予定はこれである。門限があるから酒場までは行けないと思う。

「ではお嬢様、私は正門前で待っていますので」

「ええ、またあとで」

放課後、荷物を置きに一旦寮に戻ってきた私は、あとでリノキスと合流する約束をして、すぐに部屋を出た。

挨拶を済ませたら、劇団氷結薔薇と待ち合わせをしている喫茶店へ向かうのだ。

「――行こう、ニア」

廊下に出ると、すでにレリアレッドが待っていた。

二年生になってからは隣の部屋だけに、彼女との付き合いがかなり増えたと思う。

レリアレッドが約束を取り付けたので、今日は学院放送局のメンバー全員が集められているはずだ。

一応、建前の用事は「新設された学院放送局への挨拶」だが、目的は新しく所属した新メンバーとの顔合わせ、である。

旧メンバーはすでに全員顔見知りなので、今更挨拶など必要ないからな。

ちなみにヒルデトーラも参加予定である。現地集合となっているので、向こうで会えるはずだ。

「放送局、どこにできたの？」

「えっと、確かサトミ速剣術の道場の近くだって言ってたよ」

ほう、サトミ速剣術の。

「兄が夢中になっているところね」

あと、よく組手をしてほしいと言ってくるサノウィル・バドルも、サトミの道場で学んでいるはずだ。

この学院には、ガンドルフが師範代代理をしている天破流を始めとして、いくつかの剣術・武術道場がある。

どうせどこの道場も、殻をどうにかしながら食べる蟹よりたやすく破れるだけに眼中にないが、兄とサノウィルが学んでいる剣術には馴染みがある。浅い馴染みだけどな。

「ニール様かあ……最近会ってないなぁ」

そういえば私も、二年生になってからは兄に会っていないな。

彼の侍女であるリネットから話だけはよく聞いているので、あまり会っていないという気もしないのだが。

きっと兄も、リネットから私の話は聞いていると思う。

「ねえ、ちょっとだけ覗いていこうか？」

「ヒルデを待たせるつもり？」

放送局はともかく、ヒルデトーラを待たせるのはまずいだろう。

仮にも相手は王女だぞ。今更そんなことを意識しろってのも難しいかもしれないが、それでも王女だぞ。

それに私には後の予定もあるんだぞ。

「ちょっとだけ！　ちょっとだけだから！　ちらっとだけ！」

……まあいい。なんだか孫におねだりされているようで、ちょっと断りづらい。

どうせだし、私も久しぶりに兄の顔でも見ておこう。

「じゃあちょっと急ぎましょうか」

新設された放送局の近くに道場があるなら、ちょっと覗くだけならそんなに時間も掛からないだろう。

覗いてみたが、兄もサノウィルも、まだ来ていないとのことだった。

これはもう仕方ないということで、今度こそ学院放送局へ向かう。

「あ、あれ!?　もう行くの!?　もうすぐ来ると思うんだけど！」

対応してくれた上級生が慌てた声を出す。他の道場にいる者たちも、興奮気味にこちらを見ている。

自分で言うのもなんだが、たぶん、よく魔法映像(マジックビジョン)に出ている顔が二つも現れたから動揺(どうよう)しているのだろう。

一応私もレリアレッドも人気者の有名人だからな。そんなのが急に来たら焦りもするだろう。うん、そういうことにしておく。違うかもしれないがそれでいいだろう。

「――すみません、マネージャーを通していただかないとサインはできませんので」

と、レリアレッドはちょっと嬉(うれ)しそうな困った顔で、求められてもいないサインを断り、道場を辞した。私もそれに続いた。

「マネージャー?」

聞きなれないそれを問うと「私の侍女のこと。侍女兼(じじょけん)マネージャーだから」とのこと。マネージャーか。そう言われるとうちのリノキスもマネージャーと言えるかもしれないな。私のスケジュール管理もしているし。

まあ、どうでもいいが。

――レリアレッドの言う通り、学院放送局の詰(つ)め所(しょ)はすぐ近くだった。

真新しい小さな建物のドアは開いていて、中を覗けば、自称放送局員改め学院放送局の連中がいた。

中央に、十人以上が座(すわ)れそうなほど大きい円卓(えんたく)を置き、半分以上の椅子(いす)が埋(う)まっている。

ヒルデトーラももう来ているようだ。

「あ、レリアちゃん！　ニアちゃん！　入ってくれ！」

覗いていたら中学部の現場監督に見つかった。

まあ、ぐずぐずする理由もない。さっさと挨拶して引き揚げよう。

――どうやら私たちを待っていたようで、私たちが座ると、そこかしこで作業をしていた者たちも椅子に座る。

「ようこそ、アルトワール学院準放送局へ」

ああ、どうやら正式名称には準が付くようだ。準放送局、か。正規の放送局と混合しないようにしたのかな。

監督に歓迎されて、顔見知りのメンバーを見回していく。

と――見覚えのない三人が並んで立っているのが目に留まり、なるほどと納得する。

テーブルに着いているのは顔見知りの旧メンバーで、立っている三人が新メンバーということか。

気の強そうな金髪の女と、キラキラ……というかギラギラした精力的で笑顔の強い女と、これまた気の強そうなピアスして制服を着崩している男。

「全員中学部生なんですね」

レリアレッドの指摘に、そういえばと思う。

この学院準放送局のメンバーは、中学部生と高学部生で構成されている。

小学部の生徒は所属させない方針のようだ。まあ仕方ないかな。結構力仕事も多いし体力勝負なところもあるしな。

「彼女たちを紹介しよう。左から、ジョセコット・コイズ。キキリラ・アモン。そしてシャール・ゴールだ」

金髪がジョセコット、強い笑顔がキキリラ、男がシャールと。

……また個性が強そうな新メンバーを入れたものだ。

「はい！　はいはいはいはいはい！　はーい！」

まだ最低限の情報しか聞いていないのだが、キキリラが挙手した。発言を求めた。何度も求めた。……笑顔が強いはずだな、押しも強いじゃないか。

監督が苦笑しながら「どうぞ」と言うと、彼女は私を見ながら言うのだった。

「――私ニアちゃんより速いよ！　早く撮ろうよ！」

…………。

…………。

うん。私あいつきっと苦手。

「――それでそれで？　それからどうなったの？」

うん。

「どうもなってないわね。だから今私はここにいるのよ」

「なんだつまんないの」

話に前のめりだったシャロは、寄せた波の如く引いていった。

個人的にはつまらないくらいでちょうどいい。

私なりの「楽しい」は魔法映像で出し切っているので、そっちで楽しんでくれ。撮影してない時くらい気を抜いて落ち着いていたい。面白いことも気の利いたことも気分が乗らないと言いたくない。

そもそも面白いことや気の利いたことも言えているかどうかって話でもあるが。

――ここは王都の喫茶店である。

ちょっと洒落た高い店で、狭いながらも個室があり、貴人や有名人がお忍びで使うにはちょうどいい。

私もそれなりに有名になったとは思うが、とかく目を引くのが劇団氷結薔薇の役者三人だ。

「氷の双子」の二つ名を持つ美形の双子ユリアン、ルシーダのロードハート兄妹に、今人気が上がりつつある看板女優のシャロ・ホワイトが一緒である。

この三人には熱狂的なファンが多いので、オープンな場所にいると騒ぎになってしまう。ついでに私もいるしな。私にも熱狂的なファンが……まあこの話はもういいか。

だから個室のある喫茶店である。実に紅茶がうまい。

「でも、話の続きはありそうだね」

ユリアンは鋭いな。

「続きっていうほどのものはないですね。今日は軽く挨拶した程度だし。……でもいいの？こんな話がしたいわけじゃないのではないですか？」

「いや？　むしろ仕事とは関係ない話がしたいくらいだよ」

ほう。……ああ、そうか。

「座長たちも久しぶりの休みって感じですか？」

「そういうこと。またすぐ次の劇の稽古があるから、気が抜けるのは今だけだよ」

わかる。

稽古期間中は、いつも気が抜けないから。休憩中だって寝ようとしてベッドに潜り込んだって、劇やセリフのことばかり考えてしまうし。

結構前に聞いたが、彼らと共演した「恋した女」以降、私にも次の劇の仕事が時々回ってくるらしい。

しかし、稽古と本番を含めると拘束時間が長すぎるので、なかなか受けられないとベンデリオが言っていた。それよりは違うのを何本も撮影した方がいい、という判断のようだ。

一応私にやるかと聞いてきたのだが、強く劇に参加したいとは思わないので、仕事の割り振りは彼に任せた。そして任せたことを今は後悔している。

「シャロじゃないが、私も話の続きが気になるな」

ユリアンによく似た双子の妹ルシーダが言う。

「ニアの話を聞くだけでも、かなり癖の強そうな新人が三人だろう？　一人だけ変わり種がいた、というならまだしも、三人ともとなると偶然ではないだろう。採用した意図が気になるところだ」

まあ、当然そこが気になるよな。

私も「個性が強そうな新人たちだ」と思った。あまり個性が強すぎるとやりづらいだけじゃないか、とも思った。

だが、そう――そこには中学部生の監督の、若者らしい意図と企みがあったのだ。

◆

「――私ニアちゃんより速いよ！　早く撮ろうよ！」

などとギラギラ輝く笑顔で言われ、私はなんとも言えないまま黙っていた。

いきなりすぎるし、撮影するつもりで来てもいないし、そもそもまだ「おまえ誰だよ」としか思えない関係性だ。話が急すぎる。

それと同時に、これから彼女を魔法映像に起用していくつもりだと考えているのであれば、学院準放送局の先行きに不安しかない。

大丈夫か？　彼女は裏方だよな？　……違うだろうなぁ。こんなにグイグイ前に出るタイプとなると、本人的には出演したいんだろうなぁ。

「どうしたどうしたニアちゃん!?　元気ないぞ！」

元気はある。

引いてるだけだ。

「落ち着きなさいよ、キキリラさん。ニアさんが完全に引いているじゃない」

そう、その通りだ。

気の強そうな金髪のジョセコットが、不機嫌そうに横のキキリラに視線を向ける。

「え？　なんで引いてるの？」

キキリラのきょとんとした顔が腹立たしい。イラッとする。

「おまえがいきなり誘うからだよ。何を言うにも挨拶くらいしてからにしろよ」

私と同じようにイラッとしたらしく、同じく気の強そうなシャールが舌打ちする。私の代わりのように言ってくれた。ガラが悪そうな不良かチンピラかって感じなのに、意外と常識人のようだ。

「そうか挨拶か！　――キキリラ・アモン、今年中学部一年生の十二歳(さい)です！　よろしくね！」

はあ、そうですか。こいつは苦手だな。

「――ジョセコット・コイズ、中学部二年生です。よろしくお願いします」

気が強そうな金髪のジョセコットが続く。キキリラが始めたので、挨拶する流れになったようだ。

「――シャール・ゴール。中学部二年だ。言っとくが、俺(おれ)は今のところ裏方だからな」

裏方？　そうか、出る方じゃないのか。

「今のところは」というのが気にはなるが。いずれ事情が変わってくることもあるのかな。

「ジョセコットさんがこちらに来るとは思いませんでした」

私はキキリラに引いていたが、逆に興味津々(きょうみしんしん)で三人を見ていたヒルデトーラは、気の強そうな金髪に視線を向けている。知り合いっぽいな。

「正真正銘の王女様が参加している業界です。わたくしごときが参加しても問題はないでしょう？」

「そうですわね。意外だとは思いますが」

「……ヒルデトーラ様は知っているでしょう？　我が家の事情を」

ジョセコットは小さく息を吐いた。

「隠しても仕方ないので皆に言っておきます。陰で噂されるのも嫌なので。

我がコイズ家は、没落間近の第六階級貴人籍に当たります。祖父の代が商いで失敗して大きく傾きました。

今はなんとか王家や親戚、父の友人の温情で耐え忍んでいますが、このままでは数年後には……という有様でして」

……なんだか身につまされるな。リストン家も財政が怪しいからな。

「なんらかの手を打たないと、と子供ながらに思い立ち、思い切って魔法映像の世界に飛び込んでみようかと一念発起しました。特に――」

ジョセコットの目が、レリアレッドを捉える。

「権利を購入して魔法映像業界に参入し、数年も経たずに紙芝居という新たな産業を生み、我が家では手も足も出ない莫大な使用料を払ったのにすぐに黒字を出しそうなシルヴァー領には、個人的に強く興味を抱いています」

なんだか身につまされるし、重なる部分が多そうだ。私もシルヴァー家には同じようなことを思っているからな。個人的に彼女は応援したい。

「――改めて言おうと思っていたけど、もうついでに言うね」

と、ここで監督が口を出した。

「僕らはこの三人を、ヒルデ様たちが持っていない部分があるから選んだんだ」

ほう、持っていない部分と？

「ジョセコットは、この国の演劇や劇団に詳しい。そういうのが好きみたいだ。あと衣装作りもできるし、メイクにも興味があるんだってさ」

なるほど、彼女は女優志望ってことか。……確かに私たちの中にはいないな。

「さっき本人も言ったけど、キキリラは本当に足が速い。というか学年で一番運動能力が高いと思う。だから、思いっきり身体を使った何かをしてもらおうかと思ってる。

ほら、今の魔法映像にはそういう企画が少ないからさ。

もちろんニアちゃんとの対決も、面白そうなら撮ってみたい」

ああ、そう。

その説明を先に聞いてさえいれば、キキリラへの対応もできたと思うのだが。……運動能力が高いのか。武道をやればいいのに。血まみれの覇道とか興味ないだろうか？

「シャールは、これから必要になりそうな気がするんだ。それまでは裏方ってことになるけど」

「つーか日雇いの仕事があるから、あんまり顔も出せねぇぞ」

へえ、働いているのか。素行が悪そうに見えるが、意外と真っ当な苦労人のようだ。

「シャールさんの事情とは？」

ヒルデトーラが問うと、本人がぼそりと呟いた。

「――『ウィングロード』」

ん？　なんだそれ？

「ああ、あちら方面ですか」

「やはりヒルデ様は知っているんですね」

「ええ。詳しくはわかりませんが、名前くらいは」

「僕はその内来ると思っています。シャールはその時に活動する、かもしれません」

来る？

よくわからないが、私には関係なさそうなので、どうでもいいか。

――実は全然よくないのだが。

キキリラ・アモン。

ジョセコット・コイズ。

シャール・ゴール。

この三人の加入で、学院準放送局は、これまでにない方面の映像を模索していくことになる。

その中にはくだらないものや、倫理的あるいはモラル的、道徳的、信仰的、社会理念的かつスポンサー的にダメなもの、もっと言うと支配者階級的に放送できないものも多々あるが、きらりと光る原石も確かに存在する玉石混交の迷い道を、時に迷走したり、時に突っ走ったり、時に転んだり、時に角で足の小指をぶつけたりと、予想以上に血迷った試行錯誤の悪路を歩むことになる。

そして。

――後に私が大きな影響を受けることになる出来事も、この出会いから始まったのだった。

◆

学院準放送局が発足し、活動が始まった。

……と言っても、私、ヒルデトーラ、レリアレッドはそれぞれの撮影があるので、関係があるようであまり関係なかったりする。

ヒルデトーラは所属しているのでちょくちょく顔を出しているそうだが、一緒に撮影はまだしていないという。

「中学部生だもんなぁ」

挨拶がてら一発かまそうと思っていたレリアレッドは、新メンバーが軒並み年上の中学部生ということで、それらしいことは言えず終い。

特にジョセコット・コイズが貴人の娘ということで、あえてあの場でケンカを売る必要はないと思ったそうだ。賢明だと思う。無駄に敵を増やすものじゃない。増やす時は増やしたいと思った時だけでいいのだ。

寮部屋が隣同士になったせいか、レリアレッドは就寝時間前に、よく部屋に来るようになった。

私にとっては弟子たちの面倒を見たあと風呂に入り、悪鬼羅刹の化身である宿題を片付けている時間である。

ちなみにレリアレッドは宿題を終わらせてから来る。勤勉な子である。

「これ、変わった紅茶ね」

「早摘みの果物の葉が交ざってるんだって。寝る前に飲むと落ち着く香りとかなんとか言ってたよ」

しかも時々紅茶の葉を持ってくるだけに、なかなか断りづらい。

まあ時間的にあとは寝るだけみたいなタイミングなので、特に予定に支障が出ないというのは大きいが。

「ヒルデ様頑張ってるなぁ」

そして宿題をしている私の目の前で、彼女は魔法映像を鑑賞すると。

今観ているのは「料理のお姫様」で、ちょうどヒルデトーラが「鹿肉のソテー　～季節の果物を使った特製ソース掛け　甘い初夏の戯れとともに～」という、何が甘い初夏なのか何が戯れているのか、なんともよくわからない料理を完成させたところだ。

見た目は……普通の鹿肉ステーキだな。焼き色が鮮やかでうまそうだ。

「お嬢様」

だがリノキスの監視は厳しい。ちょっと観ただけだろ。くそ。実に忌々しい数字どもだ。

「そういえば、まだみたいね」

ん？

「まだって？」

「ほら、学院準放送局の放送」

ああ、そうなんだ。

「私は逐一チェックしているわけじゃないから、よくわからないわ」

まだ禁止されている番組も多かったりするし、やることも多いし、きっとレリアレッドより観ていないと思う。

「なんか難しいみたいよ。ヒルデ様もどう口を出していいのかわからないってぼやいてた」

魔法映像が大好きなリノキスならチェックしているはずだが……ああ、確かに彼女から聞いた覚えはないな。

そうか。苦戦しているのか。

「挨拶してから、一ヵ月くらい経っているわね」

「一ヵ月か。早いね」

まあ、早いな。毎日やることがあるだけに、とても早く感じられる。

この分だときっと夏休みまですぐである。

——学院準放送局の撮った映像は、面白ければ、王都放送局のチャンネルで放送されるそうだ。

準放送局で撮った映像を、本職の放送局局員がチェックし、合格が出たら放送というこ

とになるのだとか。

さすがになんでもかんでも撮影したものは放送する、というほど優しくはない。

しかし、準放送局ができてからこの一ヵ月、まだ一度も、彼らが撮った映像が流れることはなかったそうだ。

この一ヵ月でどれくらい撮影しているのか、何本撮ったのか、どんな企画をやっているかもわからないので、私からはなんとも言えない。

もしかしたらまだ撮影さえしていなかったりするかもしれないし、キキリラとジョセコットに映像化する時の注意などを教育している最中かもしれない。焦らずじっくりやるのも悪くないと思う。

……でもヒルデトーラが「どう口を出していいのかわからない」とこぼしていたのなら、すでに何本かは撮っているのかな。

「どんなことをしているか、レリアは聞いてる?」

「最初はキキリラを軸にして、って話は聞いたけど。それくらいかな。何やってるんだろうね」

はあ、あいつを軸に。あいつ苦手なんだよな。

……軸か。軸に、ねえ。

「お嬢様」

本当に監視が厳しいな。ちょっと手を止めて考え込んだだけだろ。

◆

あれから数ヵ月が経った。

そんな話をしたことさえ忘れかけていた、夏休みを目前にしたある日。

「ニア、明日って空いてる？」

小学部二年生になってから、夜はほぼ毎日やってくるレリアレッドが、あまり言わない質問をしてきた。

「空いてはいないわね」

明日は、ガンドルフを連れてアンゼルとフレッサをしごきに行く予定だ。

最近あの二人は調子に乗って狩りをしている、とリノキスから聞いているからな。無理な相手に挑んで怪我をする前に、しっかり見てやろうと思っている。

ガンドルフは、彼から見てほしいと要望があったから、ついでに連れて行く。こいつもしごき倒してやろうと思う。ついでにな。

「あ、予定あるんだ。ヒルデ様が緊急招集しているんだけど……」

「それを先に言いなさいよ」

鬱陶しい宿題の数字どもを放置して、私は手を止め顔を上げる。

「ヒルデが呼んでるのよね？　なら行かないと」

アンゼルたちをしごいてやりたいが、こちらが優先だ。どうせ奴らは狩りから帰ってきたばかりだから、数日は動かないだろうしな。

「ちょっと待って。ヒルデ様の用事なら即答なの？」

「当たり前じゃない」

そんなの比べようがないだろう。

「え？　え、え？　ちょっと待って？　この差はなんなの？　私の誘いはダメなの？　ヒルデ様ならいいの？　なんで？　……あの、私たちって、友達だよね……？」

なんかレリアレッドが激しく動揺しているようだが。

「友達は友達だと思っているけど」

「あ、そう!?　そうよね!?　それはそうだわ、毎日来てるし！　私ニアが宿題してるとこ毎晩見守ってるし！　これで違うとか言われてもこっちが困るわ！」

見守るだけなら間に合ってるけどな。

宿題やってる奴の前でリノキスと一緒に魔法映像観てる奴なんて、正直邪魔でしかないけどな。

そして実際私の方が困ってるけどな！

……でも、まあ、友達ではあると思う。うん、思う。……思う？　…………思う思う。

もちろん思う。……うん。それでいい。

「レリアとヒルデじゃ意味合いが違うからよ。

あなたの用事は個人的なものだけど、ヒルデのお誘いは魔法映像絡み（マジックビジョンがら）だもの。広い目で見たら私と無関係じゃないのよ。もちろんレリアにも無関係じゃないと思うわ」

「あ、ちゃんと理由があったのね」

当然だ。

逆に言えば、ヒルデトーラが困っているということは、どこかしら魔法映像（マジックビジョン）の広報活動に支障が出ているということである。

私たちもヒルデトーラも、行く先も利害関係も同じなのだ。協力できるところがあるなら協力するべきだろう。

結局それが己（おのれ）の利となって返ってくるのだから。

翌日。

一度だけ来た学院準放送局詰め所にて、久しぶりに学院準放送局員たちに会った。

全員がテーブルに着くと、監督は私とレリアレッドに頭を下げた。

「――助けてくれ！　どうしても企画が通らないんだ！」

はあ。企画が。

もう少し詳しく聞きたいな、と思っていると、ヒルデトーラが補足してくれた。

「実は、何度も王都放送局に映像を持っていっているのですが、どうも放送にまでこぎつけられないそうです」

ああ、映像が面白ければ王都のチャンネルで流すって話だったかな。

……なるほど、企画が通らない、か。

今回は座っている新メンバー三人を見ると、ギラギラした笑顔が印象深かったキキリラはうつむいているし、ジョセコットはとても不機嫌そうだし、シャールはつまらなそうな顔をしているし。

……ふむ。

どうやら私の出番が回ってきたようだ。

「「うーん……」」

私、ヒルデトーラ、レリアレッドは、恐らくは似たような顔をしていることだろう。

なんというか……苦々しい表情、とでも言えばいいのか。

――これは放送されないだろうな、却下されても仕方ないな、フォローの言葉が見つからないな、と。

私たちは表情と同じく、同じことも考えていると思う。

とりあえず、何をするにも現状確認である。

意見するにも手を貸すにも、どうなっているかを把握しないと何も言えない。

というわけで、学院準放送局が撮った映像を観させてもらった。

壁際に魔晶板を浮かべて、これまでに撮った映像を、全員でチェックする――長く撮れる魔石は高価なので、基本的に短い撮影用の魔石を使用しているらしい。まあ予算の都合もあるだろうからな。

そして、その感想が、三人揃って「うーん……」だった。

「ど、どうだった？　感想を聞かせてくれ」

監督が聞いてくる。

当人も、スタッフたちも、新メンバーも……シャールだけはあまり興味なさそうだが、彼以外はこちらに注目している。皆意見が欲しいようだ。

「え、えっと……あの、先にね、優しいのがいいのか厳しいのがいいのか、どっちが好みか聞いてもいい？」

なんとも言えない私とヒルデトーラから先んじて、レリアレッドが控えめに問う。

「もちろん厳しめに頼む！　僕らはこんなところで立ち止まって――」

「集音に気を遣いなさいよ！」

厳しめが好みと聞いて、即座にレリアレッドが吠えた。それはもう遠慮なく吠えた。なんとも言えないもやもやした気持ちを吹き飛ばす勢いで。ちょっとすっとした。

「まず声が聞き取りづらいのよ！　声を張りなさい！　滑舌も頑張りなさいよ！　屋外なのよ⁉　声は空に抜けるし風に流れる！」

ああ、そこから行くのね。

「特にキキリラ！　あんたがフラフラしてるから音が拾いづらいの！　しゃべるなら止まれ！　しゃべりながら激しく動かない！　軽くでもいいからカメラマンと打ち合わせしなさいよ、カメラが動きを追えてないでしょ！　あとなんで一人で延々運動してるとこ撮ったの⁉　あれ何なの⁉　何を伝えたいの⁉　あんなの放送して誰が観たいの⁉」

キキリラは運動能力が高いから身体を使う企画に起用したい、と言っていたな。

その弊害だけが悪目立ちする結果となっているようだ。

「ジョセコットさんの知識が豊富なのはよくわかりました。でも、あまり専門的な話題ばかりでは、一般の視聴者は付いていけませんわ」

ヒルデトーラもダメ出しを始めた。そうだな、私にはジョセコットの一人語りの内容は、さっぱりわからなかった。

「誰に向けて話しているのか考えないと。あれでは専門家や熱烈な演劇ファンしか理解できません。そんな人、視聴者にどれだけいると思います？　きっと相当少ないですよ」

キキリラは運動能力が高いということが空回りしていて、ジョセコットはしゃべりはいいが話す内容が偏り過ぎている。

まあ、素人が即戦力とはいかないだろうから、こんなものだと思う。

いや、素人と考えれば、いい方かもしれない。

少なくとも、撮られることに緊張しているようには見えなかったから。

「違うよ！　監督がこうしろって言うから！」

「そうよ。キキリラさんはノリと勢いで動くことも多かったけれど、わたくしは本当に言われた通りにやりましたわ。『君が思う演劇の魅力を語ってくれ』と。だから言われた通りに語ったのに」

メインで映っていた新メンバーにも言い分があるようだ。

まあ、そうだな。勝手に動いていいと言われて撮った、というわけではないよな。監督の指示や采配で動いてあの結果なんだよな。

不意に視線が集まった中、動揺している監督は言った。

「だ、だって！　王都やリストンやシルヴァーとは違うことをしないと！　資金でも経験でもスタッフの腕でも、何もかも負けてるんだから！　同じことをしてではそれこそ放送なんてされないじゃないか！　僕らは後追いでは絶対に勝てないんだから！」

うん、なるほど。言いたいことはわかる。

突き詰めると企画で勝負って話だ。

わかる。わかるが、これはそれ以前の問題だ。

レリアレッドもヒルデトーラも意見を述べたので、今度は私か。

「私は、とにかくわかりやすく伝えるようにしろ、と教えられたわ。『職業訪問』で行った先では、専門的なことを語ったりやらされたりするから。それがどういうものなのか、視聴者に何を伝えたいのか。それを考えて発言しろって」

私の技術は、ベンデリオから学んだものだ。

魔法映像に出始めた最初の頃は、付きっきりでいろんなことを教えてくれた。彼は言わばこの業界での師匠である。憎い存在でもあるが。

「さっきのキキリラなら、知名度が低い内は一人でやらせない方がいいわ。高い運動能力を見せたいなら、誰かと比べるとわかりやすい。対比を見せれば一目でわかるでしょう？」

　これは犬企画にも言えることだが。

　単純に比べることで、六歳だか七歳くらいの新入生の子供でも、内容が理解できるのだ。

「ジョセコット様は、一人で語るより対談形式がいいんじゃないかしら？　それこそ演劇好きや専門家、役者などと語って、その知識をいかに視聴者にわかりやすく伝えるかを考えれば、すぐに通用すると思うわ」

　知識は本物みたいだから、それこそ見せ方次第だと思う。

　キキリラはともかく、彼女はきっと需要がある。やり方と見せ方が間違っていなければ即戦力になると思う。

　……ただ、演劇好き一本ではいずれ飽きられそうだから、早めに次の手を考えた方がいいとは思うが。

　まあ、いずれ女優として活躍したいのであれば、次の手なんて必要ないか。それこそ演劇に密着すればいい。

「で？」

「ん？」

　レリアレッドに「で？」と言われたが……なんだ？　もう私の意見は終わったんだが。

「だから、これらにどうテコ入れして映像を撮るかって話の結論。ニアはどうしたらいいと思う？」

……ふむ。

「そういえば、その話をするために呼ばれたのよね」

ここまでは現状確認と、映像を観た感想を述べたまで。

だとすれば、次はどうするかって話になる。

つまり、ようやく今日集まった本題に入るわけだ。

――「この放送局の売りは？」

――「王都、リストン、シルヴァーにない特徴は？」

――「ここだから撮れる映像って何？」

――「まだ知名度がないのだから、内輪だけでやっていても興味を引かないのでは？」

――「開局記念のお披露目のような映像にするのもいいかも」

――「誰が見てもわかりやすい企画、わかりやすい内容で」

次第に熱が入り、意見が飛び交うようになった企画会議は、遅くまで続くのだった。

あの企画会議から三日が過ぎたこの日。

「正直全然興味なかったんだけどよ。この前の企画会議とか面白かったぜ」

放課後、レリアレッドと一緒に学院準放送局詰め所に向かう途中、シャールに遭遇した。

向かう先が同じなのでこういうこともあるだろう。

「最初は興味なさそうだったけど」

レリアレッドがすかさず言う。私もシャールにはそんな印象が残っている。

「魔法映像（マジックビジョン）だの番組だの、どういうもんなのかまだよくわかってねぇんだよ。基本的にワグナスがああしろこうしろ言うだけだったしよ」

ワグナスは現場監督の名前だ。今は学院準放送局局長でもある。確か今年から三年生の中学部生だったはず。

「でも、ああやって少しずつ作っていくこともあるんだろ？　自分の声が反映されるとわかれば、そりゃ興味も湧くぜ」

そういうものか。……いや、わかるな。私にも好みの企画があるから。無自覚に自分の好きな方に番組を寄せていったりもしているかもしれない。

「学院の放送局として、どういう方向を目指すのか。ここでしか撮れない映像とは何か。誰に向けて撮るのか。

そういうことを考えながら職人（プロ）の映像を観ていると、もっと面白ぇよな」

ほう。

「向いてるんじゃない？」

面白いし楽しめるなら、シャールは性格的に合っているのかもしれない。素行は悪そうに見えるが根は割と真面目なのかもしれない。

「かもな」

これが天才企画（きかく）家シャール誕生の瞬間（しゅんかん）だった――みたいなことになれば嬉（うれ）しいのだが。

でも確か、彼は魔法映像（マジックビジョン）や放送局がどうこうじゃなくて、ウィングなんとかっていうもののために所属したんだっけ？

まあその辺はシャール自身と放送局の問題なので、口出しするつもりはないが。

――さて。

「想像以上に頑張ったようね」

「そうね。まあ、頑張りどころで頑張らないようじゃ先は見えないけどね」

レリアレッドは厳しいな。

しかしまあ、同感だが。

何事も勝負所を見逃しているようでは、話にならないというものだ。

――放送局の前に、生徒たちが集まっている。

男女も関係なく、小学部も中学部も高学部も関係なく、たった一つの共通点を持った生徒たちだ。

「おいおい、もう集まってんのかよ。先に行く」

と、シャールが放送局に駆けていく。

うん、夏が近づきすっかり日は長くなったが、参加人数が増えれば増えるほど撮影には時間が掛かってしまう。

天気もいいので、陽が暮れる前に、急いで撮影した方がいい。

「ニアは参加するの？」

「私が参加したら圧勝するわ。最初から結果がわかっている勝負なんて白けるでしょ」

「おぉ～すごい自信。さすが負けなしの駆けっこ女王」

駆けっこ女王。……うん、まあいい。

私に気づいた生徒たちが、期待だの挑戦的だの挑発的だのって感じの熱い視線を向けてきている。

犬企画で、私の足の速さが知られているからだろう。

でも、参加するつもりはない。

――今日の主役はキキリラで、準放送局のお披露目を兼ねた映像を撮るのだ。

そして、これで王都チャンネルでの初放送を狙うのである。

慌ただしく走り回る放送局局員と、軽く挨拶を交わしながら詰め所に入ると、

「二人とも待ってたよ！」

すぐに現場監督ことワグナスに歓迎された。

「随分集めたわね」

外にはざっと二十人はいたし、見覚えのある顔もいた。

サノウィル・バドルに、彼のライバルであるガゼル・ブロックに、今年高学部に上がったレリアレッドの姉リリミもいた。

「ニアちゃんが言った通り、君やレリアちゃんが見に来るって話したら、多くの生徒が応じてくれたんだよ」

ほう、そうか。なら来た甲斐があったかな。――ちなみにヒルデトーラは、今日は予定があるから来られない、と残念そうに言っていた。

「手伝うわ。何かやることある？」

「頼むよ。準備はしてたんだけど、やることが多くて」

だろうな。

もうすぐ夏休みなので、準備期間に三日しか取れなかった。

夏休みに入ってからでは帰省する生徒も多いので、撮影するなら今である。今を逃せば夏休み後になってしまうから。

「レリア、行こう」

「えー？　見るだけのつもりで来たのになぁ」

ぼやく気持ちはわかる。私もそのつもりで来たから。

でも準備に手間取り、日中に撮影できなければ、来た意味もなくなってしまう。

ぐずるレリアレッドを急かしつつ、私たちも走り回る放送局員の中に交じるのだった。

「では、大まかに説明します！　まずは――」

監督は声を張り上げ、一から順に番号を書いたネームプレートを着けた生徒たち改め参加者たちの視線を誘導する。

まずは、細い道である。

「この平均台を渡ってください！　落ちたら失格です！　次に――」

階段一段分くらいを掘り、水を張った泥の水たまりを指す。

「ここをドーンと飛び越えてください！　落ちたら泥だらけになる上に失格です！　そして今度は――」

縦に杭を埋め込んだ飛び石ルートである。上下の高低差があり、次の次に踏む足場を考えて動く必要がある。

「ここをうまいこと跳ねて行ってください！　怪我防止のために高さはありませんが、地面に身体の一部が着いたら失格です！　更にここへ行き――」

適当な大きさの木箱が等間隔で並んでいる。

「これらを飛び越えながら走り、あそこにあるゴールを目指してください！」

――要するに、いわゆる障害物競走である。

学院準放送局の強みは何か。

ここで撮れる映像とはどんなものか。

それらを突き詰めると、やはり学生が多いということが一番の特徴であり、強みである。

去年も普及活動の一つとして、学院で武闘大会を開いたりして、生徒の親や親戚という新たな魔晶板購入層を開拓したのは記憶に新しい。

あの時の映像は非常に受けがよかった。大成功である。

つまり、生徒は使えるのだ。子供は使えるのだ。

ここにはたくさんの子供たちがいて、彼らの姿には生徒の親・親戚という方面の需要がある。

それに、あの時生まれた発想である「視聴者参加型」というものを駆使し、自分も出る側に立つかもしれないという可能性を見せることで、広く生徒たちに魔法映像へ興味を持たせる方向に導くのだ。

今は子供でもいい。

いずれ大きくなるから。

大人になってからでいい。きっと魔法映像を生活に取り入れようと思う者も出てくるはずだ。

この企画には、運動能力が高い生徒が呼び集められた。

きっとこの三日は、スタッフたちが学内を走り回って一人ずつ交渉し、参加者を集めたに違いない。

コース作りと、参加者への交渉。

準備に掛けたのは三日だとすれば、これでも充分整えた方である。

そして、何より――。

「がんばります！」

これは、キキリラの運動能力を遺憾なく発揮し、見せつけるための企画である。

◆

――「うおおおおおおおおお！　我！　最速！」

うん、何度聞いても感情の入ったいい雄叫びである。

あと数日で夏休みというところで、学院準放送局が撮った映像は見事に放送権を獲得。

なんとか開局初の勝利を飾ったのだった。

そう、勝利だ。

王都放送局が使えると判断しないと放送されない以上、これは勝敗で括るべき歴とした勝負事である。

まあ、勝負はこれからも続いていくのだから、いつまでも一つの勝ちに浸ってもいられないとは思うが。

ただ、これでお披露目はできただろう。

そして、感涙して高らかに叫ぶキキリラの勇姿は、魔法映像初登場としてはなかなか強烈な印象を残すはずだ。

滑り出しは悪くないと思う。

やはり勝負形式というのが面白いのか、開始から終わりまでわかりやすくまとめてあるおかげで、すでに二回は再放送されているのを確認した。

平均台で踏み外して転ぶ者がいたり、派手に泥の水たまりに落ちたりといった「面白い部分」や、あざやかに障害を突破していく上位順位者の優秀な姿は、少なくとも小学部の女子寮では評判がいい。具体的にはサノウィルとか。ガゼルとか。

そして、運動能力が優れているという前評判を証明するように、見事に勝利をもぎ取ったキキリラの雄叫びも、何度か観ている。

とにかく、これでようやく一勝だ。

学院準放送局の戦いはこれからである。

「フッ。お嬢様を差し置いて最速ですか。ハッ。あーおかしい。おかしいおかしい」

リノキスが鼻で笑いながら低い声でぼやいている。子供の言うことに大人げない侍女である。

――さて。

　不意に映ったので観てしまったが、私は今日も宿題の奴を片付けてしまわねばならないので、一旦魔法映像の映像を切った。

「あっ」

　リノキスが観てる？　知らん。

「アンゼルたちには伝えてくれた？」

「え？　ええ。返答は日程が決まってからするとのことですが、前向きに検討してできる限り行く方向で努力する、とのことです」

　お、前向きにか。なら行く可能性は高いようだ。

「お嬢様の方は？」

「ガンドルフは必ず参加するって。置いて行ったら泣くって言われたわ」

「あいつはお嬢様に甘えすぎだと思います。見せしめに骨の二、三本くらい貰って置いて行きましょう」

　いやあ、リノキスほど甘えてはいないだろう。それにあいつは私を尊敬しているからな！　師の背中を見て尊敬をしているからな！　師匠が宿題をしている横で魔法映像を観て楽しんでいたりしないからな！

「リネットの返答は知っての通りね」

今日の修行中に声を掛けた時、リノキスも一緒にいた。だから彼女の返事は一緒に聞いている。

まあ、誘う前からわかってはいたが。

兄ニールから離れられないし離れたくもないからごめんなさい、と言われてしまった。

「お嬢様の誘いを断るなんて無礼者でしかないですね。骨の二、三本くらい貰っておきましょう」

誘いに乗っても「甘えすぎ」、誘いを断っても「無礼者」か。まったくリノキスは安定していつも通りだな。

「とにかく、だいたいの面子は決まったわね。後は日程か」

なんとか一週間くらい捻出できればな……。

またスケジュールが恐ろしいことになりそうだが、できるだけ詰めてもらうか。ベンデリオは私の撮影スケジュールを立てるのが得意だからな。絶対いつか殴る。

「ああ、それからセドーニ商会ですが、あの高速船を用意しておくから日程が決まったら教えてほしいとのことです」

「よくやった」

高速船を押さえたのは大きいぞ。

今回は弟子たちを連れていく予定である。

夏の出稼ぎは、もうすぐだ。

「――観てた？」

うん。

「さすがにノックはしようね」

寝る前のこの時間、毎晩やってくるレリアレッドは、最近ノックもせずいきなり入ってくるようになった。

これはよくない。

子供といえど貴人の娘としてのマナーや慎みとか、そういうのが欠如していると言わざるを得ない。

「でも開けてくれるし」

まあ、彼女が来る気配を察して、ノックする前にドアを開けるリノキスの早すぎる対応も、問題なのかもしれないが。

「それより観てた？　さっきも再放送やってたよ」

例の障害物競走の話だろう。

「少しだけね」

もはや我が物顔でテーブルに着き、レリアレッドはさっき私が切った魔法映像を点けた。

もう毎晩のことなので慣れてしまった。

彼女のことは放っておいて、私は不敵極まりない宿題の奴めを叩きのめしてやろう。

「いい映像撮れてたね。やっぱり企画から関わると思い入れが違うなぁ」

同感である。最近は企画に口出しすることなんてあまりないから。

準放送局の件で頭を悩ませたりもしたが、なんとか解決にこぎつけることができた。

彼らの闘いは、放送権を勝ち取ったここで一段落である。

また困難や問題が起こった時は、呼ばれることもあるかもしれないけれど、正式に所属していない私の出番なんて多くない方がいい。

それより、私は十億クラムの件だ。

目前に迫っている夏休みが勝負所である。

王様は「四億あればいい」と伝えてきたので、ひとまず四億……これまでの貯金が二億ほどあるので、残り二億くらいを稼げれば、国を挙げての大規模武闘大会は開かれることとなる。

資金は多ければ多いほどいいというから、できるだけ稼ぎたいところだ。やはり十億はあった方がいいんだとも思うので、精々頑張ろうと思う。

お祭りのようなものなのだから、どうせやるなら大きく派手にやってやりたいものである。その方がきっと盛り上がるからな。

——今度の出稼ぎ旅行には、弟子たちも連れて行くことにした。

人手が多い方が楽だし、二人で……というか冒険家リーノとその弟子という不自然な二人組よりは、それなりに強そうな集団が飛び回った方が説得力があるだろう。

今度の夏が勝負所だ。

少し派手に狩り回る計画を立てている。成功すれば五億以上は稼げると思う。

今や王都を代表すると言われる冒険家リーノに一人で背負わせるには、少々一度に稼ぐ額が多すぎるので、あくまでも今回は「パーティーで動いている」という形を強調しておきたいわけだ。

それと、リノキス以外はどうしても面倒を見る時間が少なすぎたので、弟子の武者修行も兼ねている。

実際彼らがどれくらい伸びているかも、ぜひ実戦で確かめたいところだ。

◆

そんなこんなで夏休みとなった。

今年も山ほどの宿題といういらない土産を引っ提げて、多くの子供たちが学院から野に放たれる。

学院準放送局主催の初放送の祝勝会に参加したり。

ニア・リストンとして、かなり久しぶりにセドーニ商会へ挨拶しに行ったり。

夏休みにやる予定だという「料理のお姫様」の大型企画である、漁村で行う撮影についてヒルデトーラから参加してほしいと要請と相談があったり。

レリアレッドから、今年もシルヴァー家に来いと招待を受けたり。また兄を連れてこい、リクルビタァも会いたがってるからと説得されたり。

残り数日でそれらをこなして、無事に夏休み突入である。

といっても、今度の長期休暇も去年の夏と同じく、後半くらいまでは一緒なのだが。

急いでリストン領に帰り、地獄のような過密スケジュールで撮影を行い、後半にある休暇まで耐え忍ぶのだ。

楽しい出稼ぎはそれからとなる。

「ニア、行こうか」

正門前で兄ニールと専属侍女リネットの二人と合流する。

これから兄の飛行船で、一緒に帰郷するのだ。

恒例というわけでもないが、兄と一緒に飛行船に乗る時、毎回のように兄の剣術の成長具合を確認している。

今回も、移動中に行われる兄とリネットの訓練を見ているのだが――。

……あれ？

打ち合いを始めた兄を見た瞬間に違和感を覚え――すぐに納得する。

ああ、リネットか。ふうん。へえ。

「……あの、何か？」

「別に。何も。ないけど。逆に何か私に言うことでもあるの？」

「言うこと、ですか」

「あるの？　ないの？　あるわよね？　あなたから私に言いたいこと、あるのよね？」

「――あ、ニール様が再開したいそうです。お話はあとで伺いますので」

ふうん。そう。へえ。

私が見ている前で、リネットにあしらわれて息切れしていた兄が復帰し、訓練が再開される。

「お嬢様、ニール様は……」

リノキスの囁きに頷く。

「ええ。使っているわね」

久しぶりに兄の剣術訓練を見たが、段違いに腕が上がっていて驚いた。しかしそれよりもっと驚いたことがある。

兄の動き。

あれは完全に「氣」を使っている。

教えたのはリネットである。

彼女は私から学んだことを、そのまま兄に教えているのだろう。

「氣」は強力だ。

これを使った技は、とかく威力も破壊力も桁がはずれ、結果として高い殺傷力を有してしまう。

正直、精神的に未熟な者や、悪しき性根の者には教えられない技術である。

精神的に未熟な者、つまり子供も含まれる。

リネットのやったことは、割と見逃せることではないのだが、それより気になることが二点。

まず、理屈や概念を把握していたとしても、まだ完全に「氣」を物にしているとは言えないリネットが、人に教えることができたという事実。

彼女は意外と物を教えるのが上手いのかもしれない。

そしてもう一つは、兄の剣の才能だ。

子供には速すぎる動きと、打ち込みの強さと鋭さ。

まさしく「氣」を使った動きだ。

年相応に不安定で未熟極まりない「氣」だが、しかし、あの年齢でわずかなりとも「氣」の概念を解し習得しつつあるという才覚には恐れ入る。

そもそも「氣」は子供が簡単に習得できるものではないのだが……。

リストン家の跡取りか。

惜しい。

このまま武の道を行けば、いずれ本当に私を越えるかもしれない逸材なのに。

——だがまあ、今は兄のことより。

「リノキス。訓練が終わったら、リネットに部屋に来るよう言っておいて。私は先に戻っているから」

「え、あ、はい。わかりました」

リネットにはきっちり説教してやらないとな。

未熟なくせに、未熟な腕と技術を未熟な者に教えるという、武闘家として禁忌に触れまくった行為は許しがたい。

だが、弟子の不始末は師の責任でもある。

こうなってしまった以上、リネットには責任を取らせる。

半端なままでは却って危険である。彼女には必ず「氣」を習得させ、しっかり兄に教え込んでもらおうではないか。

「……お嬢様、本当に、軽率に、すみません、でした……」

リネットをこってりと絞ってやった。

説教しながら丁寧に、そして丹念に可愛がってやった。今は汗と涙と名状し難い汁を漏らしながら床に倒れている。

「……なんで、わたし、まで……」

ついでにリノキスも絞ってやった。

彼女も汗と涙となんだかよくわからない汁を漏らしている。まあ、いわゆる弟子の連帯責任というやつである。

「この程度の修行をこなせないような未熟者が、誰かに何かを教えるなんて十年早い。わかったなら行きなさい」

だらしない弟子たちが身体を引きずって部屋を出ていくのを見届け、同じメニューをこなしていたもののまだまだ消化不良の私は、修行を続ける。

――まったく腹立たしい。やらかすのは笑って済ませられる程度にしろと言うのだ。

穏やかで賢明な兄なら、力に振り回されずに育つと思うが……精神的に未熟な者に力を持たせるなんて、物事の分別が怪しい子供に刃物を持たせるようなものだ。大人でさえ衝動的に動くこともあるのに。

性根が歪まないことを願うばかりである。

「――ニア？」

ぎりぎりと全身に「氣」を練り上げて維持する修行をしていると、ノックの音とともに兄の声が入ってきた。

飛行船一隻を拳一発で吹き飛ばせるほどの「氣」を霧散させ、「はいどうぞ」と応じる。

ちなみに実際に打てば、壊れるのはこの身体の方だと思う。

「リネットはまだいるかい？」

濡れた髪のままひょこと顔を出した兄は、いつになく可憐で可愛らしい。

「いいえ、もう出ていったわよ」

「そうか。……なんで汗搔いてるんだ?」

「私もお兄様と同じく、訓練中だったので」

もう少ししたかったが、まあいい。ここらで終わろう。

兄はひとっ風呂浴びてさっぱりしているようだが、私はこれからである。

「ちょっとニアと話がしたいんだが、後にした方がいいか?」

「急がないのであれば、このまま少し待っていてほしいわ。さっと汗を流して来ますので」

「ああ、わかった。じゃあここで待たせてもらうよ」

兄の話か。なんだろうな。

――弟子の後を追うような形で女風呂に乱入したので、さっきまで入念に絞り上げていた弟子たちに本気の悲鳴を上げられたりしたものの、少し急いで汗を流して風呂を出る。

弟子たちは体力を使い切っているようでへろへろだった。のぼせなければいいが。

「お待たせしました」

髪を拭きながら部屋に戻ると、兄は紅茶を飲みながら待っていた。

「悪いな。急かしてしまって」

「仕方ないわ。いつも通りの長期休暇なら、話せる時間なんてきっとないもの」

どうせ今年の私の夏休みも撮影撮影で、屋敷に戻るのはほとんど寝るためみたいなことになるだろう。

同じ場所で寝泊まりしているはずなのに、本気でゆっくり話す暇もないのだ。

「――ありがとう。それで、話って？」

兄の淹れてくれた紅茶を受け取り、話を振ると。

「ヒルデトーラ様から、詳しくは君に聞いてほしいと言われたんだ」

……ん？

「何を？」

「あまり理解できなかったんだが……なんか、漁村かどこかで？　何かするとかしないとか言っていた。私にもそれに参加してほしいと言われて」

ああ、夏にやると言っていた「料理のお姫様」の大型企画か。

「実はね――」

学院では全然会えなかった兄ニールとゆっくり話をしつつ、飛行船は過密スケジュールの待つリストン領へ進むのだった。

◆

なんだか胃が疼く。

「……いやはや、参りましたな。それほど大それたことを考えているとは」

衝撃的な話を聞かされて、まだ頭の整理が追いつかないセドーニ商会会頭マルジュ・セドーニの顔色は若干悪い。

そして、そんなマルジュの話を聞くにつれ、いつも冷静な部下ダロンでさえ額に冷や汗をにじませる。

約一年を掛けて、ようやく「あの日の後悔」が過去の教訓にできそうになっていた今日この頃。

再びあの子がセドーニ商会本店にやってきた。

そう、少し前まで、商会のこの執務室にあの子がいたのだ。

ニア・リストン。

前に会ったのは、学院で言うところの夏休みの終わり頃だ。それからは間接的な関わりはあるものの、直接会うことはなかった。

ほぼ一年ぶりに再会した彼女は、前に見た時より少し大きくなっていたように思う。まあちょくちょく魔法映像で見かけてはいるので、あまり久しぶりに会ったという気はしないが。

二年で十億クラム稼ぐから手伝え、と。

現実を知らない子供の戯言のようなことを言われてから、約一年。

あの時マルジュは「冗談はやめなさい」的な返答をして門前払い同然に断ろうとした。

してしまった。

後悔しかない選択をしそうになってしまった。

あの選択ミスを思い出すと後悔で震えるのは、なんだかんだで、一年間で彼女の貯金が二億クラムを超えているからだ。

本当によかった。

セドーニ商会は王都で一、二を争う大店である。

しかしニア・リストンを他の店に取られていたら、損失は計り知れない。関係あるところから、一見関係なさそうなところまで、あらゆる方面に余波が広がっていたことだろう。

そんな一年前の後悔も少々落ち着いてきた今日、ついさっき、後悔の原因とも言えるニア・リストンがやってきたのだ。

――だが、今度のマルジュに抜かりはなかった。

一年前の後悔を思えばこそ、今度の訪問には一切の油断もなく、全力で歓待した。もちろん接待費も潤沢に注いだ。ポケットマネーで。

「この日に挨拶に来る」と先触れもあったので、事前にしっかり準備できたことも大きい。

冒険家リーノほか、ニア・リストンのために働いている連中から少しずつ情報を集めたところ、彼女は紅茶が好きなことを聞き出している。

当然、用意できる最高の茶葉を用意した。

お菓子だって今王都で大人気の、第三王女ヒルデトーラが発案・デザインしたケーキを用意した。淡いピンク色のクリームで薔薇の花をデコレーションした美しいケーキだ。どちらも結構な値がした。

当日は、まるで嫁と初デートした時のようにそわそわしながら待ち、ついにニア・リストンを迎え入れたのだった。

――そして、今。

「なあ、うちでも出場者を立てた方がいいか？」

「それよりは出資した方が利は大きいでしょうな」

「……そうだな。確実にリーノが出場するだろうし、正攻法で勝つことを考えるのは現実的じゃないな」

そう、抜かりはなかった。

歓待に関しては、一切問題はなかったはずだ。

好きだというだけあって、ニア・リストンは高い紅茶だとすぐに察して嬉しそうにしていた。茶葉を土産に持たせると言ったらとても嬉しそうだった。ヒルデトーラ発案のケーキも「最近とても流行っているみたいね」と嬉しそうに食べていた。好感触以外なかった。接待は成功したと言えるだろう。

だが、そう。

敢えて言うなら「歓待が効きすぎた」といったところだろうか。

――「日頃のお礼に、少しだけ口が滑ってしまうかも」

そんなわざとらしい前置きをして、あの子は……いや、もはやただの子供には見えなくなってしまった彼女は言った。

――「来年の末辺りに大きな武闘大会が開かれるかもしれないわ。もし開かれるなら、私なら費用に十億クラムくらい出してしまうかも」と。

あくまでも仮定の話として、彼女はそんな独り言を漏らした。

なぜ十億クラムが必要なのかはずっと気になっていた。それをここでようやく明かしたのだ。

期限付きで十億貯める。

その目的は、来年の末に武闘大会を開くから。

子供の世迷言としか思えないが、現に彼女はもう二億クラムを稼いでいる。

そしてこの夏、冬に行った飛行皇国ヴァンドルージュでの出稼ぎのように、大きく稼ぐと言っていた。

つまり、本気だと言うことだ。

このままいけば、武闘大会開催も決して夢ではない。もう子供の思い付きだなんて思えるわけがない。

ならば、商人がやることは？

――ニア・リストンが帰った後、商人の密談が始まる。

「まず王族は知っているだろ？」

「そうですな。そもそもあの子がセドーニ商会に来たのは、王族の紹介ですから」

「ならば、ニア・リストンが浮かれて口を滑らせた件はどう思う？」

「そこまで浮かれていないし滑らせてもいませんな。なぜなら、このくらいのタイミングでバレるのは想定の内だから。むしろ故意に話した可能性さえあります。もしかしたら今回の面会、それを話すためにわざわざお越しいただいたのかも」

「……よし、ここまで同じ考えなら可能性は高そうだな」

マルジュとダロンは推測をすり合わせ、もっとも可能性が高いであろう結論に辿り着く。

「もうじき王族が動いて、大々的に武闘大会の告知を行うだろうな。あるいはこちらに接触してくるか」

「ええ、そうですな。王族が動いている以上、国王陛下も知っている。あの陛下なら、これほどの儲け話をみすみす見逃しはしないでしょう。必ず関わりに来る。なんなら権力を駆使して計画を乗っ取りに来るでしょうな」

「だがヒルデトーラ様が紹介した事実からして、ニア・リストンは王族を味方に付けている。むしろ陛下の入れ知恵があってこその大それた計画だ、という考え方もできるだろう」

「その辺の真相はどうあれ、間違いなく陛下は動くかと。そしてその事実を、ほんの少しだけ早くセドーニ商会が掴むことができた、というのが現状ですな」

「……フッ」

　商人となって四十年。

　ここ十年ほどは安定し、多少の浮き沈みを繰り返しつつセドーニ商会は生き残ってきた。商売で感情が揺れることも少なくなり、うっすらと引退や後継者という言葉も脳裏を過るようになってきたが。

　――マルジュが久しく忘れていた商魂が、胃の疼きとともに燃え上がってきた。

「どこから手を付けようか、ダロン」

「十億も投資する武闘大会となると、国際規模でしょうからな。ならばまずは国外からの客を迎える宿泊施設を――」

「食材も必要になるだろうな。今の内に新たな仕入れルートを――」

大きな儲け話に、商人たちの眼の色が変わる。

――アルトワール王国第十四代目国王ヒュレンツ・アルトワールがマルジュ・セドーニに呼び出しを掛けたのは、この日より一週間後のことである。


一年後の武闘大会に向けて、事が動き出した。

商人が動き。

国王が動き。

国が動き出した。

密かに、だが確実に動いている双方の動向を、不審に思った目端の利く者が察知し。

夏が終わる頃には、武闘大会開催の噂が、アルトワール中に広がることになる。


そして、王都でそんな動きが起こっていることを知らないニア・リストンには、やはり過密スケジュールが用意されていて、日々の撮影を粛々とこなすのだった。

出稼ぎの旅を楽しみにしながら。

やはり地獄でしかなかったリストン領での撮影の日々を過ごし、昨日の夜、ようやく解放された。

正直もう思い出したくもないので忘れることにする。だがベンデリオは許さない。奴への恨み(うら)は忘れない。

冬のヴァンドルージュ行きと同じように、今回も「冒険家リーノとその弟子リリー」として、セドーニ商会に用意してもらった高速船に乗る予定だ。

ありがたいことに、今回の出稼ぎ旅行は、ずっと高速船での移動となる。

つまり行動範囲(はんい)が非常に広い上に、時間効率を極限まで追求(ついきゅう)することができる。

みっしりと詰(つ)まりに詰まった地獄の撮影スケジュールをこなしてきただけに、捻出された出稼ぎ期間は、なんと約一週間だ。

一週間。素晴(すば)らしい。一週間もあるのだ。

とにかく、これから一週間は暴力まみれだ！　大はしゃぎしながらいろんな魔獣(まじゅう)を殴り殺すぞ！　せいぜいベンデリオへの恨みを八つ当たりしてやる！

そんな意気込みで、空も暗い早朝、リストン領本島の港でセドーニ商会の者と合流した。

「――いやぁ、リーノさんも人が悪いなぁ。もっと早く教えてくれてもよかったのにぃ」

うむ、なんと欲に染まった面構えであろうか。

身体はおろか、腹の底まで欲に塗れているような……業の深さを体現しているかのような顔である。

ここまで露骨に丸見えだと、もういっそ天晴である。

そう、下手に隠して下卑るから品がなくなるのだ。ここまでやれば……まあ品はないが、わかりやすくて大変よろしい。欲深いこと自体は悪いことじゃないからな。

トルク・セドーニ。

セドーニ商会の会頭マルジュ・セドーニの息子で、彼自身も商人である。冒険者リーノことリノキスは何度か会っているそうだが、私はヴァンドルージュへ行った冬以来の再会である。どちらもニアではなくリリーとして、だがな。

そのトルクは、夏休み直前に私がマルジュに漏らした情報を聞いたから、この欲塗れの顔をしている。

長期休暇に入り帰郷する前に、色々と世話になっているセドーニ商会に挨拶しに行った私は、十億クラムの使い道についてそれとなく零したのだ。

――来年の末に開催される武闘大会へ出資する、と。

十億というキーワードも漏らしたので、大会の規模の推測もできたはず。

ゆえにトルクはこの顔である。

あの情報の価値がわからないようでは、もはや商人ではない。どれだけの利益を見込んでいるかはわからないが、この顔を見れば相当なのだろうと予想はできる。

それにしたって少しは隠せよ。子供に見せたらいけない、どす黒い欲望に満ちた顔をしているぞ。強欲極まりない。私だからまだいいけど、子供が見たら泣くぞ。

「ささ、どうぞお乗りください。お連れの方々がお待ちですよ。ああお嬢ちゃん、足元に気を付けてね」

気持ち悪いくらいニッコニコで上機嫌のトルクに出迎えられ、私たちは三度目となる魚型の高速船に乗り込むのだった。

「あ、師匠！」

「リリーか」

「久しぶりー」

トルクらと航行予定を話すというリノキスと別れ、私は一足先に食堂を覗いてみた。

そこには、トルクが言っていた連れ……ここで会う約束をしていた顔ぶれが揃っていた。

ガンドルフ、アンゼル、フレッサ。

厳密には違うが、広義的には私の弟子たちである。

「皆来ているわね。先に念を押すけど、ここでの私はリーノの弟子にして付き人のリリーだから。立場上あなたたちも含めて一番下という扱いをして。なんなら本当に雑用もするから」

「そんな、師匠に雑用なんて！」

「それをやめなさいって話をしてるんだけどね。今」

ガンドルフの愚直な性格は嫌いじゃないが、融通が利かなすぎるのもちょっと困るな。

「その辺は上手いことフォローするわ」

まあ、フレッサとアンゼルがついていれば大丈夫かな。

「二人はどうしてスーツなの？　それ普段着？」

ガンドルフは普段着だが、アンゼルとフレッサは黒いスーツ姿である。正直冒険家の集団としては異質な二人である。私なんて稽古着なのに。

いや、冷静に考えるとガンドルフもおかしいか。庶民感丸出しの普段着だもんな。武具を揃えろとは言わないが、少しくらい冒険家っぽい服を用意しろよ。

「育ちが悪いからだよ。人はまず見た目で判断されるだろ。だから俺は服装だけは気を遣ってるわけ」

「私は一応暗器仕込みだから。これが武装状態なのよね」

うーん……まあいいか。実際メインで狩りをするのは私だし。

秒読みから加速という、憶えのある手順から、高速船は一気に空を駆け出した。

「すげーよな、この速度」

リストン領に来るまでに経験した三人は落ち着いたものだ。最初に経験した時は驚いたらしいが。私も最初は驚いたっけ。

「――来なくてよかったのに」

久々の再会でも態度が悪いリノキスもやってきたところで、私たちはテーブルを囲んだ。

さて。

「何かする前に、いくつか話しておくことがあるわ。まず――」

まず、彼らにも十億クラムの使い道を、ここで話しておく。

十億は、武闘大会を開くための資金になること。

今回の出稼ぎ旅行で、開催可能な最低限の金額が集まりそうだということ。

そして、リノキスが優勝者筆頭であること。

「もちろん皆出てもいいわ。優勝してもいい。国を挙げての大規模な大会になると思うから、結構な額の賞金も出るはず。当然勝った者が総取りよ、もう私に貢げなんて言わないから」

それと、だ。

「現状、リノキスが一番有利なのよ。修行期間も長いしね。だからリノキスが優勝した場合は、賞金は皆で山分けということにするから」

これは事前にリノキスと決めていたことだ。

私が大きく稼いでいるのは確かだが、それでも集めた資金は全員で稼いだものである。だから分けるのがいいと思う。後腐れなくな。

「言ってしまえば、リノキスが優勝するのはあたりまえ。彼女に勝てれば大金星。それが私の読み。だから賞金も山分けにするの。皆で集めたお金だからね。

不服があるかもしれないし、不本意でもあるかもしれないけど、それこそ実力で証明してほしい。文句があるなら勝て、ってことで」

そして私としては、ぜひとも大金星を見てみたいところだ。

「リリーは出ないの？　そういうの好きそうだけど」

フレッサの問いに、私は首を振る。

「私が出たってしょうがないでしょう。そもそも何のために出るの？　お金ならこうして稼げるし、名を上げることに興味はないし。違う業界でならすでに有名だし。面白そうな参加者が来るとも思えないし。それだったら強い魔獣に会いに行くし」

仮に、もし私が気になるような参加者がいたとしたら。

その場合は、衆人環視ではやらない。

絶対に邪魔の入らない場所で思う存分死合いたい。

年齢的な問題で出られないにしても、そもそも出場する魅力があまりないのである。

学院での生活が始まってから、外の情報も結構入ってくるようになった。

その結果、この時代の武人は、あまり強くないことがわかった。

私が戦いたい人は、まだ見つかっていない。

……さすがに一国規模ではいないかもしれないが、世界規模なら。

この世界のどこかには、私と勝負できる者がいるだろう。

…………。

現時点でさえ私が世界最強、なんてことはないよな？

まだ十にも満たないこの身体が成長すれば、まだまだ強くなるというのに。全盛期を考えれば、今の私など文字通り子供レベルなのに。

――まったく。強すぎるのも考え物だ。

旅程と修行プランを話し合いながら、これから始まる武人の武人による武人と弟子のための一週間が、楽しみで楽しみで仕方なかった。

さあ、撮影だなんだで溜まった鬱憤晴らしに、しっかり可愛がってやろうかな！

◆

楽しい時間とは、どうしてこうもすぐに終わってしまうのだろう。

一週間もあった旅程なのに、早くもあと一日しかなくなってしまった。

上級魔獣狩りと、弟子の鍛錬と、自身の修行と。

今回は余計な雑味を入れないために、天敵である宿題も前倒しで全て片づけておいた。

そう、過密極まりない撮影スケジュールの移動中などに、しっかりと済ませてきた。

おかげで、こんなにも楽しいだけの一週間を過ごすことができた。忌まわしき数字めが！

「明日帰るんだっけ？　なんだか慌ただしかったな」

「そうだな。ずっと移動していた気がする」

汗に濡れる上半身を晒して、裸で休憩しているアンゼルとガンドルフ。

実はこの二人、一歳違いでアンゼルの方が年上らしい。見た目に寄らずガンドルフが若かったのだ。

だが私は知っているぞ。

私が寝た後、大人だけで飲みに行っただろ。リノキスも行っただろ。私が知らないとでも思っているのか？　……羨ましいし悔しいだけだから言わないけど。

「イヒッ、ヒヒヒッフハッ……、ざっと計算しただけで五億以上とか、フフフッ、笑いが止まらない……！」

同じく休憩中のフレッサは、この一週間は主に金に眼が眩んでいたようで、不意に笑い声を上げるおかしな輩となっている。

そうか、今回の稼ぎはざっと五億行ったのか。

まあ、それくらいは行くだろう。

高額魔獣を計画的に狩りながら行く旅行計画を立てていたので、それくらいは稼げるだろうと計算していた。

面倒なことは全部セドーニ商会に丸投げしているので、見積もりはまだ出ていないが。

しかしどんなに安く買いたたかれても、貯金と合わせて四億は超えているだろう。

つまり、これで武闘大会開催は決定である。

あとは王様に任せよう。あれだけ偉そうな態度なのだ、きっちり仕事はしてくれるに違いない。きっとすごい大会にしてくれるはずだ。

「お嬢様、そろそろ続きを」

ん？　ああ。

リノキスを始め、弟子たちの体力も回復してきたようだ。――リノキスのやる気も充分である。鍛えがいがある。

「では再開しましょうか」


この一週間。

高速船の倉庫一室を借りて、そこを私たちの修行場として利用させてもらった。

方々の浮島で狩りをし、宿で一泊。翌日には補給と荷下ろしを済ませた高速船で移動し、移動中に修行。

狩り修行狩り修行と、ほぼその繰り返しだった。奴らはこっそり飲みに行ったりしたようだがな！

とても充実した時間を過ごせた。弟子どもは夜も充実していただろうけどな！

夜楽しそうだった弟子たちは武闘大会にも前向きで、アンゼルとガンドルフは参加する方向で考えているようだ。フレッサだけは裏社会に深く関わっているだけに、派手な表舞台には立つのはまずいそうだ。しかし本人は出たいらしく、なんとか出場する方法を考えると言っている。

いろんな意味で意欲的なのはガンドルフだ。それはそうだろう、武闘大会なんて武人の舞台だもんな。燃えない理由がないよな。

それなりにやる気のアンゼルは賞金が欲しいようだ。路地裏の安酒場とは違う、もう少し高級志向の酒場も欲しいとかなんとか。扱う酒を増やしたいんだとか。賛成である。増やしてほしい。私はまだ飲めないが。あと飲みに行った件は忘れない。

フレッサは金が好きなので、稼ぐことに文句はないとのこと。それも楽に稼げるなら尚良しだそうだ。まあ武闘大会の内容を簡単に言えば、十人くらいぶちのめせば大金が貰える、って感じだからな。おいしい仕事と言えるのだろう。

そしてリノキスは――思ったよりガンドルフたちの成長が早いので、尻に火が点いている状態だ。

リノキスは何くれと面倒を見ることができていたが、やや放置気味にしていたガンドルフらの伸びは、目を見張るものがあった。ちょっと見ない間にこんなに伸びたのか、と何度か驚かされたくらいだ。それぞれかなり真剣に修行してきたのだろう。

リノキス曰く「一番弟子として絶対に負けられない」だそうだ。

やる気が高いのはその辺の負けられない理由があるからだ。あと「お嬢様への愛を証明したい」とも言っていた。ちょっと何を言っているかよくわからなかったが、「あっそう」とだけ言っておいた。そんなことを言いながらこいつも夜飲みに言ったしな！　愛ってなんだろうな⁉　夜中に師匠を放置して酒を飲みに行く愛ってどうかと思うがな！

修行は、だいたい私との手合わせである。

基本的な「氣」の修行は私がいなくてもできるので、ほぼ付きっきりの今しかできないことをやっている。

今度はアンゼルからだ。

「――うん、いいわね」

アンゼルの鉄パイプ術……まあ棒術とでも言った方がいいそれは、飾り気がなくて非常に良い。

とかく相手を殴ることに焦点を置いた、コンパクトにしてシャープな振りが基本だ。変な大振りもしないし、奇をてらうようなこともしない。本当にシンプルに殴ることだけを考えている。

大層な技も、派手な技もたくさんあるが、結局こういうのが一番強かったりするのも武の面白いところだ。

「氣」があれば、だいたい一撃入れれば対人なら終わりである。一撃で終わらずとも、一撃入れたことから次に繋がることもある。

アンゼルの場合は特に、仕留めると決めたら仕留めるまで攻撃をやめないケンカ慣れしたところがある。やると決めたら容赦しないところが非常にいい。

——掘り出し物の逸材である。

腕や技術は後からでも積めるが、思想や思考、いわゆる戦闘スタイルはそうもいかない。そういうのは実戦を重ねて培われていく。

要するに、アンゼルは武に向いた性質を持っているわけだ。

武闘家たるもの、時に非情になれないようでは、非情になれる相手と対峙した時に命を落とす可能性が高いからな。

「……一発も当たらねぇ……」

「基礎能力が違うもの。——次！」

数百以上の打ち込みを全て回避した結果、今回もアンゼルの体力が尽きた。——「氣」

の練り が甘いのだ。もっと早く動かねば当たらんぞ。

「お願いします！」

次はガンドルフだ。

彼に関しては、教えることがあまりない。武闘家として経験を積んでいるだけに、必要なものはすでに身に付けている。

強いて言うなら――。

「打つと決めたなら躊躇わない」

彼は、棒立ちの私に拳を入れる時に、躊躇することがある。

私の見た目が子供だから余計に遠慮する面もあるのだろうが、そんな遠慮や手加減は私より強くなってからにしてほしい。

アンゼルの攻撃はとことん避けるが、反対にガンドルフには何度も打たせている――「氣」の乗った技で誰かを殴る感覚を教えるために。こういうのは修行だけでは身に付かないのだ。

誰かを殴って、その時の感覚に迷ったり躊躇ったりしないように、確と憶えておいてほしい。

「氣」で殴るとこうなのだ、と。

人を殺す威力で殴れば、こういう感触が残るのだと。

その上で、当て方や手加減を習得してほしい。全力で打つばかりが武じゃないぞ。強きも弱きも知れ。それもまた強さに繋がる。

「ありがとうございました！」

「うん。――次」

次は……フレッサか。

「よろしくね、リリー」

笑顔で言う、と同時に針が飛んできた。

――相手をするなら、フレッサが一番面白かった。

仕込んでいる暗器を使った、いわゆる暗殺術の使い手。

いくら人が無防備でも、視覚が前を向いている以上、最も警戒している正面から仕掛けることになる。

だが、それでも相手に反応させない素早さと虚実に満ちた動きは、かなりレベルが高い。

刃に毒でも仕込んである本番使用なら、私もひやりとする場面が何度かあった。まあ私は毒も「氣」で自浄できるが。

「もう暗器はないの？　ネタ切れなら勝ち目はないわね」

「あとは毒ガス系とか、そういう無差別のになっちゃうからね」

そうか。この一週間ですっかり出し切ったか。

あとは地力が伸びれば、その分暗器の扱いも活かせそうだが――おっと危ない。

「ベルト代わりに仕込んだ鞭か。惜しかったわね」

終わったと思わせてからの奇襲。まあ読みやすい不意打ちである。

「……ほんっと自信なくすわぁ」

何、私じゃなければ大抵の者なら殺れるさ。勝負ではなく殺し合いなら、弟子の中でフレッサが一番強いからな。

「――次。リノキス」

「――はい」

彼女とは単純な手合わせをする。

身体能力をほぼ同等に落とし、殴り合う。彼女の修行はいつもこれだ。

実戦形式の中で鍛え、追い込み、追い込んで追い込んで、そこから突出するものを見出すのだ。

それは発想かもしれないし、先読みかもしれない。あるいは相手の攻撃に対する返し技やカウンターかもしれない。

人が追い込まれたその時に見せる「自分の中にない、しかし自分から生まれた新たな選択肢」は、時に自分の予想を大きく越えるものが生まれることがある。

元からそれなりに基礎ができていたリノキスは、実戦経験だけが乏しかった。

だからこそ、追い込まれた時に粘り強く生き抜くための修行を中心にやっている。

それぞれ、どれほどの効果があるかはわからないが、このまま順調に伸びてほしいものである。

……一人でいいから、私を越えたりしないかなぁ。


今度の出稼ぎは、拠点となる場所がなかった。

基本的に毎日宿が変わったし、移動ばかりしていた。

強いて言えば高速船の中だったので、特に出会いがあったり、予定にないことがあったりもしなかった。目立った出来事は弟子たちの抜け出し酒盛り事件くらいである。

――ちなみに今回の旅行も、アルトワール王国第二王子ヒエロ・アルトワールの呼び出し、という理由で出発している。

私はまだ七歳である。

護衛兼任の侍女が付いているにしても、さすがにただの旅行に単独で行かせられる年齢ではない。

なので、冬と同じくヒエロ王子に協力してもらった。王族の呼び出しで、という形で。

一度だけ会って食事をして、それだけで別れたが。

そんなこんなで、何事もなく一週間の出稼ぎ旅行が終わった。

首尾（しゅび）は上々、最低限の目的は達成し、なんの憂（うれ）いもなくアルトワールに帰ることができたのだった。

いや。

何事もなく終わり、帰ろうとしていたのだが。

「――空賊だ！　空賊が出たぞ！」

六日目の夕方、突発的（とっぱつてき）なイベントがやってきた。

ほう？　空賊？

なんとも楽しい夏の思い出になりそうである。

◆

今日の修行が終わり、夕方。

用意してもらった湯で身体（からだ）を拭（ふ）き、休憩していたところだった。

今日は二つほど浮島を梯子して、狩りをして。

一仕事終えて乗り込んだ高速船は、宿を取る予定だった浮島に向かっていた。

そんな矢先の空賊騒動だった。

「お嬢様、危険ですから部屋から出ないように…………いえ、もういいです」

リノキスに「もういい」と言われたので、堂々と部屋の外から聞こえてきた興味深い声に誘われてみることにする。

珍しくリノキスから許可が出たので、遠慮はしない。止めても無駄ということを早めに悟ってくれて手間が省けたというものだ。

まあ、今の私は「リストン家の娘ニア」ではなく「冒険家リーノの弟子リリー」なので、多少の何かしらがあっても言い訳ができるからな。髪も黒くしているし、少々の揉め事が起こっても然う然うバレやしない。

それに、本当に本気で、色々と命の危機であるのは確かなのだ。

だって空賊である。

最悪、相手はこの船を撃墜する可能性もあるのだ。

これは間違いなく、出し惜しみしない最大戦力で迎え撃つべき案件である。遊ぶ余地はまったくない。

私は何があっても生き残れるとは思うが、船を撃墜されるときっと皆死んでしまう。

それに、この船だ。

飛行皇国ヴァンドルージュ産の最新の高速船なんて、何億クラムする代物なのかわかったものじゃない。

たとえ弁償や修理代を私が出す必要はなくとも、これまで良くサポートしてくれたセドーニ商会に損をさせるわけにはいかない。

まあそんな理由もあったりなかったりするが。

久しぶりに強めに人を殴れそうで、正直わくわくしている。


「ふうん。なるほど」

リノキスと一緒に操舵室に向かうと、すでに弟子たちが来ていた。ついでに乗組員たちも指示を仰ぐために集まっていた。

そんな彼らに合流し、深刻な顔をしたトルクと船長から状況を聞く。

「つまり減速した場所のすぐ近くに、運悪く空賊がいたんですか」

リノキスの確認に、二人は頷く。

ということは、なんだ。

商船を狙うために待ち伏せしていた空賊の領域でタイミング悪く減速し、そのまま捕まったと。

この高速船の飛行速度は、そこらの飛行船とは比べものにならない。たとえ空賊に狙われたって追いつけるものではない。

だが、発着時は別だ。

爆風で一気に加速するこの船は、通常の飛行速度が遅い。そして加速が過ぎるおかげで、着陸する浮島の手前で大きく減速しなければならない。そうしないと通り過ぎたり島に突っ込んだりしてしまうから。

で、今回も着陸態勢に入るために減速した。

そこで、たまたま待ち伏せしていた空賊たちと遭遇してしまった、と。

「正面、右舷と左舷に一隻ずつで計三隻います。進行方向を塞ぐように陣取っていますので、動かせません」

「リーノさんも知っていると思いますが、この船には武装がありませんから……」

冬休み、飛行烏賊と遭遇した時に聞いたな。

この船は速く飛ぶためだけに造られたので、武装は一切ない。狙われたら逃げる以外の選択肢がないわけだ。

そして逃げ足は速いので、基本的には武装なしで問題ないのだが。

だが、今のように正面を塞がれてはどうしようもないわけだ。肝心の逃げ足が使えないから。

「――おい、空賊の船が三隻だってよ」

「――いいわね、わくわくする。これからどうなるんだろ」

「――おまえら楽観的すぎるぞ……」

なんか弟子たちのひそひそ話が聞こえるが。フレッサ、私もわくわくしている。

「向こうからの要求は？」

「まだありませんな。我々を逃がさないようゆっくり包囲網を詰めてきております」

ふむ。ならば――

「狙いはこの船そのもの、ですか？」

うん。リノキスの推測に私も賛成だ。

この船はまだまだ改良点と問題点を抱えた試作品だけに、同型は十隻もないだろう。つまりかなり珍しいものだ。

どんな積み荷より、きっとこの高速船の方が価値がある。

おまけに今は、ついさっき私が狩った上級魔獣どもも載っている。推定総額一千五百万クラムの身柄(みがら)である。

現状、どうしても船が欲しい空賊側としては、絶対に逃がさないよう慎重(しんちょう)に仕事をしている最中だ、ということか。

しくじらぬよう慎重にやっているなら、もう少しだけ時間はあるのかな。

「通常ならば、荷の何割かを渡(わた)す、金を払(はら)う、と言ったところで解決します。よほどのことがなければ人が死ぬようなことも、船を撃ち落とされることもありませんが……」

と、トルクは眉(まゆ)を寄せる。

「しかし今回はわからない。私が空賊なら、絶対にこの船を狙いますから。荷や金では追い払えないと思います」

だよな。

類を見ない最新の飛行船で、空賊だってこの船がここまで来た速度を見ていたはずだ。誰(だれ)も追いつけない夢の船である。空賊じゃなくたって欲しいだろう。私も欲しいし。

「――俺も船を狙う」

「――私も。超欲しい。絶対億単位で売れるわ」

「――なあ……今更(いまさら)だが、なんでこんな鉄の塊(かたまり)が飛ぶんだ？　おかしくないか？」

ガンドルフとは気が合うな。金属の塊が飛ぶなんて信じられないよな。

「それで、どうするつもりですか？」

「悩みどころです。通常ならリーノさんたちの安全を最優先して、荷でも金でも払うんですが、しかしこの船が狙いとなると……」

ははあ、なるほど。

金で解決するなら払うけど、そうじゃないから困っているのか。

セドーニ商会ほどの大店となれば、もはや船の価値云々ではなく、信頼を失うことが問題なのだろう。

この高速船の所有者はセドーニ商会ではなく、ヴァンドルージュの誰か。あるいは彼の国の所有物で、今は一時的に借りているとか。そんな感じか。

信頼している相手から信頼の証として借りた、だから失うわけにはいかないのだ。

——ならば答えは一つだろう。

「殺りましょう、師匠」

「えっ」

「えっ」

「「えっ」」

黙って聞いていた私がいよいよ発した一言に、全員が反応した。

船長もトルクも、弟子たちも。

外の状況を観察している者も。

自然とここに集まってきていた乗組員たちも反応した。

唯一フレッサだけが、嬉しそうに口笛を吹いた。

「きっと奴らは思ってますよ、運良く極上の獲物が向こうから罠にハマッた、と。だから遠慮なく食らってやろうと。

でもここに師匠がいるんだから、むしろ逆でしょう。

空賊どもを皆殺しにして、船も荷も溜めている財宝も、何もかも奪い取ってやりましょう。そして皆で山分けすればいいんです。ちょっとした収入にちょうどいいじゃないですか。むしろ私たちの方が運がいい」

悪党をひねって皆に感謝されて金まで貰えて空の掃除もできるわけだ。やらない理由がないだろう。

「いや、おじょ……リリー、ちょっと待って」

「は？　待って？」

戸惑う冒険家リーノを、この状況では一番堂々としていてほしい立場の師匠を、私たちのリーダーを見据える。

「何を待つの？　最初から戦わないって手はないでしょう？　そもそも敵は私たちを待たないし、これだけ世話になっているセドーニ商会に迷惑は掛けられない。

第一、たかが賊に負けるような鍛え方、してないでしょう？　何を躊躇うの？　それともここで寝て待ってる？　別にそれでもいいですよ。師匠の代わりに私が片づけておきますから」

………。

「――やりましょう！」

そうだろう、そうだろう。答えはそれしかないだろう。

まさかの交戦宣言に、はらはらと状況を窺っていた乗組員たちが沸いた。そうだろう、そうだろう。誰が脅されて大人しく荷や金を払いたいものか。誰だってこんな理不尽は受け入れがたいはずだ。

「――面白ぇな。あいつ完全に殺る気だぜ」

「――やだかっこいい……惚れちゃいそう……」

「――師匠……！」

弟子たちも殺る気充分のようだ。

「――でもお嬢様、後始末が大変なので殺しは遠慮してくださいね」

後からこそっとリノキスに囁かれたそれには、不承不承ながら頷いておいた。

チッ、仕方ないか。この件の処理も任せることになるセドーニ商会に迷惑は掛けたくないからな。

方針が決まった後、これからの対応を相談しておく。

まず、何人かの乗組員には単船（一人か二人乗り用の小型船）を出す射出口付近にスタンバイしてもらう。

この船は魚型なので、甲板のような場所がない。きっと単船で乗り込んで来るであろう空賊たちが侵入する場所がないのだ。

強引に入ろうとして壊されては困るので、奴らが来たら射出口を開けて迎え入れるのだ。

――それと、その後私たちが空賊船に乗り込むために、単船の用意をしてもらうためでもある。

そこまでは乗組員たちの力が必要で、そこからは私たちの仕事である。

大まかな作戦は決まった。

そこから内輪の相談をするために、弟子たちと一緒に私の部屋にやってきた。

ここから先はリノキスの指揮で、というわけにもいかないので、私がすることにした。

といっても、細かいことを話し合う時間はないが。

「船は三隻だから、三手に分かれて制圧するということになるわね」

まず、順次制圧というわけにはいかない。船は三隻あるのだ、仲間の船に異常があるとわかれば撃ってくる可能性がある。

だから同時に攻め、容易に大砲を撃てない状態にしなければならない。交戦中ともなれば悠長に大砲なんて撃っている暇はないからな。

「ちなみに自信のない者は？　自信がないなら残っていいわ」

やる気に満ちている弟子たちには愚問だが、一応訊いておく。

もちろん、誰も何も言わない。

「よろしい。じゃあ三手に分けるから。……と言っても、いちいち言う必要はないわね」

まず、私は単独。

リノキスとガンドルフ。

アンゼルとフレッサ。

組み合わせはこれで決定だろう。

「私はリリーと一緒が」

「さすがに無理ね。今は我儘を受け入れられるほどの余裕はない」

「……ですよね」

リノキスが私と一緒に来たいと言うが、すぐに引き下がる。言う前から却下されることもわかっていたのだろう。

一応、今は命懸けの状態だからな。個人の我儘など聞いている場合ではない。

「さっき簡単に話したけど、大まかな流れをもう一度話すわね。

三隻同時に仕掛けて、とりあえず正面の一隻を大急ぎで制圧する。制圧したら合図を出して、この船を離脱させる」

最優先は、この高速船の安全だ。

正面の船さえどうにかすれば、加速で即座に戦線から離脱させられる。それさえクリアすれば、あとはどうとでもなるだろう。

「三隻とも制圧したら合図を出して、迎えに戻って来てもらって終わり。

制圧の仕方は自由。ただし極力賊は殺さないことと、船は墜とさないこと。以上がだいたいの作戦ね」

うっかり殺っちゃうのは問題ないし仕方ないことであるので、不殺を厳命はしない。

殺されるくらいなら殺せ、危ない時は殺れ、という意味だ。弟子の身を危険に晒してまで守らせる必要などないからな。

……私も極力殺さないよう努力はするが、仕方ない時は仕方ないからな。

「それと、ないとは思うけれど、もし不覚を取ったら必死で逃げ回りなさい。死んでさえいなければ私がなんとかしてあげるから」

曲がりなりにも「氣」を扱えるのだ、そこらの賊には負けないとは思うが。

だが、実戦とは何が起こるかわからないので、念のために言っておく。

「あまり時間がないから、こんなところね。——そろそろ行きましょう」

打ち合わせを済ませて射出口へ向かうと、今まさに出入り口を開けようとしているタイミングだった。

ここを開けば、空賊たちが乗り込んでくるのだ。

船長、乗組員たち、トルクも、皆緊張気味である。

——嫌な緊張をしている彼らには悪いが、私は非常にわくわくしている。どんな賊が来るのかな。強いのかな。強かったらいいな、と。楽しみが楽しみすぎて止まらない。

開け放たれた出入り口から、強い風が吹き込んでくる。

そんな風に乗って、緑色のなんだかボロっちい単船が六隻入ってきた。全部に二人乗りで、計十二名のむくつけき男たちが無遠慮に踏み込んでくる。

まず武器をチェック。

剣、短剣が主の、これまた全員ボロっちい服をまとった軽装だ。

……気になるのは、ベルトに差しているあの金属製の小さな筒だな。あれは吹き矢の筒だろうか？　何かを飛ばしそうな形状ではあるが、見たことがない。

「――ハッハァー！　お出迎えご苦労さん！」

さりげなく観察していると、最後にもう一隻乗り込んできた。

ボロい単船とボロい軽装の賊とは打って変わった、金糸で豪華な刺繍を施した黒いロングコートを着た男だ。単船も金ぴか豪華……よく見ると所々剥げているから、安いメッキかもな。まあ船長としての見栄もあるんだろうから何も言うまい。

嬉しそうに笑いながら船を下り、大きく手を叩いて堂々と歩いてくる。

格好からして、あれが船長だな。

空賊の船長と聞いて、顔の九割くらいに髭を生やしたむさ苦しいおっさんをイメージしていたが。案外スマートな若造船長である。

年齢は三十くらいだろうか。切りそろえた口髭も、後ろに流して固めた髪も――こちらの船長の前で一礼し、腰に下げていた三角帽をかぶる芝居がかった大げさな仕草も、色々と派手だがそこまで品が悪いとは思わない。侵略者の態度としては腹が立つが。

船員との落差がすごいが、オシャレな空賊のキャプテンという感じである。

「俺たちは天下の空賊黒槌鮫団だ。いつもは品行方正で優しい空賊稼業に精を出す、いたって真面目で陽気な空賊さ」

ハンマーヘッド。

初めて聞くが、有名な空賊なのだろうか。有名なら貯えに期待ができそうだが。

「っつーわけで？　まどろっこしい取引はなしで？　良い船だね？」

うん、話が早いのは私も嬉しいな。

やはりこの船を欲しがるか。そりゃそうだ。ここで欲を出さないような奴は最初から空賊なんてやってないだろう。

用件がわかった以上、もう待つ必要はない。

「……」

私が目立たぬように、私の前に立っていた弟子たちに「動く」と合図を出し、緊張感の漲るこの場面で私だけが動き出す。

素早く壁沿いに移動し、開きっぱなしの射出口の方へ向かう。奴らの乗り込んできた単船の陰に隠れつつ、賊どもの後ろに回り込んで状況を確認する。

誰にもバレていないな。よし。

「――要求はなんですかな?」

「――おいおい全部言わせんなよ。わかんだろー?」

船長と空賊が交渉する声しか聞こえない静まり返ったこの場で、私だけが暗躍する。

片っ端から、賊に一発ずつ入れていく。

音もなく近づき、気づかれることもなく。

一人目が倒れる前に二人目、三人目と、水面を切る燕のように淀みなく意識を刈り取っていく。

……これでよし、と。

十二人連続の不意打ちを食らわせ、私が動きを止めると――一人目から順に床に崩れていった。

「あ……あらら?」

賊どもがちゃがちゃと床を鳴らしたせいで、空賊のキャプテンが振り返り……私は目を見張った。

――速い。

キャプテンの動きは速かった。

奴が状況を理解したとは思えない。振り返れば部下たちが倒れていて、私だけがその只中に立っている状況を見て。

奴は迷いなく動いた。

視線がはずれたら仕掛けようとしていた弟子たちより早く、腰に差していた金属の筒を抜き、穴の空いた先端を私に向けていた。

反射的な行動だ。

思考も意思もない、ただただ条件反射的な行動だ。だから速い。気配も読めない。殺気さえ感じさせない。

いい動きだ。この動きに反応できる武闘家は、いったいどれほどいるだろうか。

チカッ、と筒の奥が光ったと思えば――。

ドン！

重い音を立てて、黒い何かが目にも留まらぬ速さで飛んできた。

「お嬢様！」

「師匠！」

「リリー！」

「てめえ！」

——うん。

「面白い武器だわ」

私は、手の中にある小さな黒い物体を観察する。——ふむ、ただの金属の丸い球か。熱いな。それにこの臭いは火薬か？　火薬の力で強く撃ち出したのか。

「いわゆる小さな大砲って理屈なのね」

合理的な武器だ。

非力な子供でも扱えそうな、なかなかの殺傷能力を有する飛び道具だと思う。

この威力なら、簡単に皮膚を貫き肉にめり込み、場合によっては骨を砕くだろう。急所に当たれば即死だな。

「は……と、取ったの？　弾丸を……？」

見ての通りである。

撃ったキャプテンを始め、悲鳴のように私を呼んだリノキスたちも、キャプテンに殴り掛かろうとしているアンゼルも、乗組員たちも、唖然として私を見ているけど。

でも、見ての通りである。

——面白い武器だけど、正面から撃たれたら当たってやれないな。

威力だって、これくらいじゃ私の皮膚は貫けない。精々「いてっ」で済むくらいだ。武器として欠陥品とは言わないが、たくさんの改良点ありと言わざるを得ない。特に威力。速度は悪くないが、しかし、これではまだ遅いくらいだ。

「これ、返すわね」

ボッ

「おごっ⁉」

指で弾いて撃ち返すと、金属の砲弾はキャプテンの腹にめり込んだ。

――そもそも私の指弾の方が、威力も高いし速いくらいだしな。

こうして空賊の先遣隊を倒した後、私たちは速やかに次の工程へ移るのだった。

賊どもの捕縛は乗組員たちに任せ、私と弟子たち、船長とトルクとで、腹を抉られたキャプテンを倉庫の一室に連れ込む。

ここは、私たちが修行に使っていた空き部屋である。

恐らくほかの賊どもを閉じ込めるのも、この部屋になるのだろう。ちょうどいい空きスペースだから。

「どうする？　とりあえずボコるか？」

アンゼルは物騒な提案をするが。

ボコる以前に、すでに弱り切っているので、あえて暴力を重ねる必要はないだろう。

何しろずっと転がっていて痛がっているのだから。抵抗の意思も一切見られない。

……一応うっかり胴体を貫通しないよう、ベルトのバックルを狙って当てたんだがな。

そこまでバックルごと腹にめり込んだのだろうか。

まあとにかく、先遣隊を潰したという現状を、待機している空賊船側に悟られぬよう、迅速に行動しなければならない。

いたぶるなりなんなりは、周囲の船を片付けてからだ。

とりあえず任せろ、という視線で一同を見回すと、私は一歩前に出た。

「ねえ」

腹を抱えて倒れているキャプテンの傍らにしゃがみ込み、静かに語りかける。

「あなたたちは全部で何人いて、何隻の空賊船を所持しているの？　アジトはどこ？　残党狩りをするから教えてほしいんだけど」

「……は、はは、は………」

キャプテンは痛みに歪む横顔で、弱々しくも強気に笑う。

「話すと、思うか……？　死んだって話さねえっつーの……」

ふむ。

「じゃあ皆殺しになるけどいいのね？」

「あ……？」

「こちらにはあなたたちを生かしておく理由がないわ。さっさと殺して海に落として魚のエサにでもした方が後腐れもないし手っ取り早い。手間も掛からないし。

　でも、ここであなたがちゃんと情報を渡せば、情状酌量の余地ありと見なして、できるだけ殺さないように制圧するわ。――時間がないから今すぐ決めなさい。決められないなら皆殺しだから」

　食い入るように私を見上げるキャプテンに、微笑む。

「はったりだと思う？　それとも本気だと思う？　言っておくけど、私は殺したい方よ？後始末が面倒臭いもの。なんなら見せしめに目の前で一人殺しましょうか？」

　私の脅し……まあ割と本気だが、彼が私の警告に対してどう思ったかはわからない。わからないが、彼は年長者である船長とトルクに向かって叫んだ。

「――お、おい！　このイケイケのガキなんなんだよ！」

　イケイケのガキ。……イケイケ……古い人間の私でさえ古いワードセンスだとわかってしまうのだが……。

「そのイケイケの子は、とある腕利き冒険家の弟子だ。悪いことは言わん、言う通りにした方がいい。その子はやると決めたことはやる」

おい船長。イケイケの子って。

……というか、本当に遊んでいる場合じゃないんだが。

「どうするの？　情報をよこすの？　よこさないの？」

「おまえが約束を守る保証なんてねえだろが！」

「だから何？　だから皆殺しを選ぶの？　一縷の望みに懸けようとは思わずに？」

最初から選択の余地はないはずだが。

皆殺しになってもいいなら、話は別だが。

「――本当にこのイケイケなんなんだよ！　最初からずっとガキの眼光じゃねえぞ！　命のやりとりが日常みたいなヤバイ奴の目ぇしてんぞ！」

次イケイケって言ったら腹蹴っとこう。


キャプテンは二、三発食らわせると大人しくなり、必要な情報をよこした。

人数は、一隻にだいたい十五人前後。

アジトに残ったり、船に乗ったり乗らなかったりすることもあるらしく、毎回正確にはわからないそうだ。

三隻で空賊稼業を営み、トップはキャプテンだが、各船にその船を動かすキャプテンが乗っているらしい。いわゆる副キャプテンだな。

そんな副キャプテンが各船に一人ずついて指揮を執っている、とのことだ。

二隻は一般的な中型船で、キャプテンが乗っている船だけやや大きいそうだ。――正面にいて進路を塞いでいるやつである。

こちらにやってきた十二人の賊は、それぞれの船から出てきたそうで……単純計算で、各船から四人ずつ来たのだろうか。

だとすれば、各船にはだいたい十人前後の賊が残っていることになる。

とまあ、今はこんなところだ。

アジトのことも軽く聞いたが、これは後回しにしよう。

今は、大砲を撃ってくるかもしれない空賊船を、早くどうにかしなければ。

必要な情報は得た。

用済みとなったキャプテンは縛って転がしておき、私たちは次の手順に移る。

次は、三手に分かれて空賊船に乗り込むのだ。

――だが、ここで問題が発生した。

賊どもが乗りつけてきたボロっちい単船に乗る弟子たちの前で、私は一人、愕然としていた。

単船のハンドルに手が届かない。

フットペダルに足も届かない。

今ほど子供の身を悔やんだことはないかもしれない。

いかんせん肉体年齢は七歳だから、大人基準で造られた物には対応できない。言葉にすれば当たり前の話ではあるのだが。

だが、私は単独で正面の船に乗り込み、すみやかに船を制圧しなければならないのだ。弟子たちはそれぞれの船に行くよう割り振ったので、今回は同行できない。

運転手がいる。

今の私では「空駆け」は難しい。武闘家たるもの空くらい走れるものだ。だが、今の私では鍛錬不足で無理だ。短距離ならまだしも、ちょっと距離があるしな。

「誰か前に乗って」

仕方ないので、その辺にいる乗組員たちに声を掛けるが、誰も名乗り出ない。というか皆嫌そうである。

そりゃそうか。今から空賊船に乗り込むのだ、危険な真似はしたくないだろう。

しかも、なぜか子供一人、単独で行こうとしている。つっこみたい者も多いと思う。それどころではないから誰も何も言わないのだろう。

「私じゃダメかな？」

そんな中、意外なところから声が上がった。

振り向けばトルクがいた。

「これでもセドーニ商会の出張担当でね。飛行船にはよく乗るし、しっかり勉強もしているからそれなりに知識はある。私なら船に何かあったら対応できるかもしれない」

「いいんですか？　危ないかもしれませんよ？」

「リリーちゃんが一緒にいるのに？　何か危険があるのかい？」

…………。

見たか弟子ども。これが私の正当な評価だからな。私がいるだけで上級魔獣数十体が一度に現れても楽勝なんだからな。おまえらは何かと私を低く見すぎなんだぞ。わかってるのか？　わかれよそろそろ。もうわかってもいい頃だろう。いいかげんにしろよ。

「――イケイケが勝ち誇ってこっち見てるぞ。なんだあの顔？」

「――さあ？　でも自慢げな子供って可愛いわね」

アンゼルとフレッサがひそひそやっている。

「――俺にはわかるぞ。あれは勝つのは当たり前だけど気を付けて行け、の顔だ。弟子を案じているんだ」

「――違う。絶対違う。きっと『またまたぁ』って言いたくなるような子供っぽい大げさなこと考えてる顔ね。付き合いの長い私にはわかる」

ガンドルフとリノキスが意見を交わしている。

……伝わらないもんだな。

一番伝わってほしい連中には、全然伝わらないもんだな。

でもまあ、アンゼルとリノキスはあとで説教だな。イケイケって呼ぶな。特にリノキスは敬意が足りない。

賊からは、こちらの状況がわかっていないはずだ。ならば攻撃は来ないと考えられる。

それこそ何かあったのなら、こちらは奴らのキャプテンと十二人の仲間を人質に取っている形になるから。

奴が部下に嫌われていなければ、砲弾が飛んでくることはないだろう。そう簡単に見捨てるような選択はしないはずだ。まあ絶対とも言い切れないが。

というわけで、変更はなし。予定通り動くことになった。

真正面から三方向に進撃し、空賊船に乗り込み――そのまま戦闘に入ることになる。

約十名を、迅速に片付ける必要がある。

うん、楽しみである。こんな夏の思い出もいいものだ。


「――まずは甲板を制圧します。私が船内に入ったら下りて来てください」

前に座り、単船のハンドルを握るトルクに、私はそんな指示を出す。

「わかった。下りずに寄せればいいんだね？」

「はい」

そうだ。

ある程度船を寄せたら、私は飛び降りて空賊船に乗り込み、そのまま賊どもを始末していく。トルクはそれが終わってから下りてくればいい、という話だ。

一緒に下りて無用なリスクを負う必要はない。

どうせすぐに済むだろうしな。

ないとは思うが、絶対ではない。今にも大砲の弾が飛んでくるかもしれない、そんな状況である。

時間が惜しいので、急遽運転手として制圧組に参加することになったトルクとの最低限の打ち合わせを済ませると。

「――では、行きます！」

冒険家（ぼうけんか）リーノの号令で、五隻の単船が射出口から飛び出すのだった。

◆

空は風が強い。

高速船に張り巡（めぐ）らされている防風域から抜けると、吹きすさぶ強風に晒（さら）される。

「行くよ！　しっかり掴（つか）まって！」

トルクが言うと、風に遊ばれる木の葉のように躍（おど）っていた単船が、息を吹き返したように走り出した。

振り返ると、同じように飛び出したリノキスとガンドルフ、アンゼルとフレッサもそれぞれの方向に飛んでいくのが見えた。

前を向く。

船体を横にし、できるだけ大きな面で高速船の壁となるよう停止している、外装が緑色の空賊船がある。

船の腹には派手な絵が描（えが）かれている。金槌（かなづち）のような形の頭を持つ鮫（さめ）が泳いでいて、なるほど一目で空賊らしいなとわかる、なかなか迫力（はくりょく）のあるペイントだ。

そして、六門の大砲が抱えられている。

照準は高速船に合わせている、と。

「――上から近づいて！　こっちの姿が見えるように！」

「――えっ、見えるように⁉」

「――もう見つかってるから！　変に隠れると余計に警戒（けいかい）される！」

向かっている空賊船の甲板から、賊どもが見ている。

すでに私たちも確認（かくにん）し、自分たちの仲間が帰ってきたわけではないことも、知られているはずだ。

変に隠れると怪（あや）しまれる。

だが、キャプテンが行ったまま帰ってきていない今、このタイミングで堂々と行けば、何かしらの繋（つな）ぎか連絡（れんらく）要員だと判断されると思う。少なくともいきなり撃ってくることはないだろう。たぶん。少なくとも用件くらいは聞こうと思う、はず。

こちらはいきなり襲（おそ）うつもりだがな。

――甲板（かんぱん）上に六人の賊を確認した。まあ特に強そうな者もいないな。わかってるわかってる。予想通りだから。がっかりもしない。わかりきっていたから。

まずはあの六人を倒して、船内に侵入しよう。

「――下ります！　通り過ぎてその辺を一周して戻ってきて！　甲板掃除は済ませておくから！」

「――わかった！」

　空賊船の真上を通過したその時、私は単船から飛び降りた。

　六人の賊は、全員私を見上げていた。

　――ちゃんと見ておけよ。瞬き厳禁だ。

　甲板に着地し、落下の衝撃を殺すために床を転がり、そのままの勢いで移動して一人目の腹に一撃加える。反転して隣の二人目の首を叩き、腰に差している短剣を奪って一番遠くにいる三人目に刺さらないよう投げつける。

　投げた短剣の柄尻が三人目の顔面にめり込んだのを確認することなく、超速の踏込による音のしない「雷音」もどきで四人目を叩き、五人目の頭が六人目の頭に当たるようにうまいこと蹴り飛ばす。

　よし、終わり。

　気配を探り、甲板上には他に誰もいないことを確認し、速やかに船内に向かうドアへ向かう――その背後で六人はほぼ同時に倒れた。

　ざっと一呼吸の早業である。

まあ、さっきの十二人討ちの方が楽だったが。狭い場所で一つ所にまとまっているとやりやすいからな。

甲板の賊どもは、単船から飛び降りてきた私のことを視認し、甲板に下り立った辺りから、もう私の動きにはついて来られていなかった。

あのふざけたキャプテンは、反応だけは速かった。勝てる勝てないは別として、奴なら何かしら反応したかもしれない。

しかしまあ、常人相手ならこんなものである。

まだ強襲には気付かれていないだろう。バレた方が私は面白いが、賊が錯乱して大砲を撃つようなことがあったら困るので、これでいい。

さて、次は中の掃除だ。手早くいこう。

隠れる場所が多い船内で、賊を不意打ちで倒していくだけである。甲板の制圧より簡単なお仕事だ。冬の出稼ぎで侵入したレストランの時と似ているかもしれない。

速やかに、かつ静かに船内の制圧を進めていくと——ドン、という聞き慣れた衝撃音が遠くから聞こえた。

今のは高速船が加速した時の音だろう。

打ち合わせ通りに、少し遅れてこの船に下りたトルクが、高速船に合図を送ったのだ。

今この船は動けない、大砲は撃てない、と。

これで高速船は戦線を離れ、落とされる心配はなくなった。最優先事項は達成だ。

「な、なんだあれ⁉　あの速度はなんだ⁉　――はっ⁉」

操舵室に副キャプテンらしき男がいた。ここにいることと、そこそこ身形がいいことから、キャプテン不在の時は代わりに船の責任者になるのだろう。

奴は見張っていた高速船の、速すぎる離脱を見て驚いていた。

船のすぐ真上を駆け抜けたからな。

そして。

「こんにちは」

普通に歩いて入ってきて隣に立っていた私にも、驚いた。

こいつが最後の一人だ。

これでこの船は制圧完了である。

甲板に戻ると、トルクが賊どもを縛り上げて並べていた。

「終わったかい？」

「ええ。中に七人倒れています」

キャプテンからの情報通りである。まあ、十人前後という情報からすれば、少し多いけどな。

この船に十三人乗っていた。

で、高速船に乗り込んできた連中を含めたら、最初は十六人前後乗っていたことになる。いささか吐いた情報より多いな。

……まあいいだろう。

十人以上の誤差があれば、あえて誤情報を流したことを疑うところだが。

乗組員の数を正確に把握していないような、いい加減なキャプテンだ。この程度の数を故意に隠すための嘘を吐いたとは思えない。

――こちらは何人いてもどうでもいいが、弟子たちは大丈夫かな……大丈夫だとは思うが、実戦は何があるかわからない。油断しないで動いてほしい。

高速船は逃がした。

ここに残っているのは三隻の空賊船だけで、今弟子たちが戦っているだろう二隻は、ここからでは状況がまったくわからない。

「リリーちゃん」

遠くに見える空賊船を眺めていると、トルクが声を掛けて来た。

「ええ、手伝います」

「いや、そうじゃなくて」

ん？　違うのか？　ぼーっとしてないで縛り上げるの手伝え、じゃないのか？

「君はもしかして、リーノさんより強いのかい？」

……まあ、高速船で空賊たちを迎え入れた辺りと、逆襲した辺りと。

あと単独で空賊船に乗り込むような人員の割り振りをした辺りから、そう考えられる要素は多々あっただろう。

さすがに抱いてもいい疑問だと思う。

あるいは、トルクはそれを聞くために、私に同行したのかもしれない。

――私は彼に背を向けて、告げた。

「知らなくていいことってあると思いませんか？　人と人が仲良くするには適度な距離感が必要でしょう？　トルクさんはどう思います？」

飾らず言えば「深入りするな。今後の取引はなくなるぞ」といったところか。

せっかく友好的な関係を保ち、相互利益が生み出せる素晴らしい仲なのだ。わざわざ自分から壊すような真似はしてくれるな。

「……わかった、悪かった。愚問だった。リーノさんとも君とも、もっと仲良くなりたかったんだ。でも諦めるよ」

そう、答えは一つ。諦めることだ。

だが、きっと内心諦めてはいないだろうな。

「ちょっと焦ったな。今度はじっくり時間を掛けて……」とでも思っていそうな気がする。

彼は生粋の商人だから、儲け話はそう簡単には諦めないだろう。

まあ、ゆっくりやってくれればいい。

付き合いが長くなれば、どうしても知られる部分はあるだろうからな。

船内の賊の捕縛と、船の各所チェックと金品探しをしていると、弟子が制圧に向かった二隻から連絡があった。

向こうも首尾よく終わったようだ。

◆

空賊……黒槌鮫団の飛行船三隻を無事制圧した後、離脱していた高速船が戻ってきた。

弟子たちも怪我はなく、まあ、楽勝だったようだ。

縛り上げた賊たちを全員高速船に移し、倉庫に押し込む――四十人ほどの男たちが無造作に転がっている姿は、なかなかユーモラスでそこそこ悲哀に満ちている。いい歳した大人の男がこんな扱いをされることってなかなかないだろう。

彼らを前に、私たちは彼らの扱いについて相談する。

ちなみに参加者は、私と弟子たち……というか冒険家リーノと仲間たち、だな。あくまでもリーノが私たちの代表だ。それと船長とトルクである。

一応、残酷な未来を辿る可能性もあるので、ただの船員は参加していない。荒事に慣れていないただの飛行船技師もいるのだ。結果如何では心が痛むかもしれないからな。

「確か黒槌鮫団は、機兵王国マーベリア領と飛行皇国ヴァンドルージュ領の国境付近で活動していたと記憶しています」

さすがは出張専門のトルク、空事情にも詳しいようだ。

「恐らく地元でやり過ぎたのでしょう。獲物が減ったからほとぼりを冷ますため、いわば出稼ぎとしてアルトワール近辺にやってきた、というところですかな」

と、船長が推測を立てる。

なるほど出稼ぎか。私たちと一緒だな。

「ではマーベリアに引き渡せば、多少の報奨金も？」

リノキスが問うと、トルクは「出ますね」と答えた。

「ただ、マーベリアは昔から閉鎖的かつ好戦的な国でして。あの国からすればセドーニ商会はよそ者でしてね、あまり金の絡む交渉はしたくないところです。

踏み倒される可能性も高いし、難癖付けられるかもしれない。よしんば報奨金が出たとしても少額で、それもすぐに出るかどうか……」

つまり交渉の労と利が釣り合わない、ってことか。

「なんだか気難しい国ね？」

大人の話し合いの邪魔をしないよう、小声で横にいるアンゼルに言うと、彼は「まあな」と頷く。

「あそこは機兵っつー勝算があるからな、基本的に戦争したいんだよ。だが飛行船技術が追いついてないもんで、遠方へ機兵を運ぶ術がない。だからなかなか侵略行為には出られないで燻ってるんだ。もう何十年もな」

ほうほう。

機兵の噂は聞いたことがあるが、どんなものなのだろう。

なんでも、魔石と魔力で動かす全身甲冑、と聞いているが……。

「私、マーベリア出身なのよね」

と、フレッサが指先で髪をいじりながら呟く。

「まあ子供の頃に出たから、最近の事情はよく知らないんだけど。あんまりいい思い出ないなぁ」

へえ、フレッサはマーベリア出身なのか。

そういえばこの前ヴァンドルージュで結婚した新婦フィレディアも、マーベリア王国出身だったな。確かコーキュリス家という貴族の娘だ。

「――ちょっと待ってくれ！」

突然大声を張り上げたのは、後ろ手に縛られている空賊団のキャプテンである。

彼は両膝を突いて膝立ちになっており、まっすぐに前を……というか、私を見ていた。

なぜか。なぜか私を。

「マーベリアには行きたくねぇ！　行ったら全員死刑だ！　俺だけならまだしも……まあ俺も死にたくはないし命乞いできるなら靴も舐めるしケツも差し出すけど、こいつらまで殺されるのは不憫でならねぇ！」

おう。……おう。ケツを。うん。覚悟はわかった。なぜ私の目を見て言うのかはわからないが、覚悟はよく伝わった。

「俺らなんて小物だぜ？　どうせマーベリアに差し出したって小銭が出るか出ないかのくせに、交渉では嫌な思いをたっぷりして、結局差し引きマイナスなんじゃないかってくらいの骨折り損にしかならねえはずだ！　小物の空賊団の頭が証言するぜ！」

うん……あまり自分で自分を卑下するのもどうかとは思うが、まあ、そうだな、小物臭は会った時からずっと漂ってはいたな。確かに。

「しかしおまえら、これまで商人から荷を奪ってきただろう？　場合によっては殺しもしてきただろう？　同情の余地は一切ないんだがな」

見下ろす商人トルクの視線は冷たい。

リノキスや私と接する時は「気を遣いすぎだろ」と言いたくなるほど笑顔で愛想がいい、強欲な気のいいおじさんなのに。

やはり商人らしく、冷徹な面も持っているのか。

「言い訳はしねえ！　確かにやってきた！　殺しも何人かは殺ってきた！　生きるためだったとか言い訳もしたいけどしねえ！

だが、絶対死にたくねえが、頭の俺の首一つで！　どうかこいつらの命は助けてくれ！」

ゴッ

前に折った上半身が倒れ、額が床を鳴らした。

「この通りだ！　こいつらを助けてくれ！　………できれば俺の命も助けて！　ついででいいから！」

付け加えるなよ。締まらない奴だ。

キャプテンの言葉と姿勢は、ほんの少しだけ響いたようだ。

「どうしようか」

と、トルクが私に問う。

「なぜ私に聞くんですか？　師匠に聞いてください」

「いや、だって……」

だって。

だって、床に頭を着けたまま器用に体勢と首を回して視線を向けてくるキャプテンも、意識が戻った空賊の連中も、ついでに冒険家リーノを始めとした弟子たちも、私を見ているから――とでも言いたいのか？

この面子で、十歳にも満たない私に決定権があるとでも言いたいのか？

……確かに実質あるけど。でも表向きはないんだぞ。だから露骨に見るな。

「なぜ私を見るの？」

他の連中はともかく、空賊のキャプテンは、さっきからなぜ私に言うのか。とりあえずその辺の理由をはっきりさせたい。一番この場に相応しくないのは私なんだが。

「どう見たっておまえが一番立場が上みたいに思えるからだ。見た目はただのイケイケのガキだが、俺にはどうしてもそう思えてならない」

……そうか。どうしても滲み出てしまうのかな。強さが。圧倒的強さが。まいったな。

「あのほんと、靴とか舐めるから助けてくんない？　ニンジンとかピーマンとか嫌いな野菜があったら俺が代わりに食べてやるし、疲れたらおぶったりもするからさ。誠心誠意仕えるからさ」

「――ダメ。それはダメ」

有無を言わさぬ冷たい声でリノキスが却下した。きっと仕えるのは自分だけでいい、と思っているのだろう。

……さて、どうしたものやら。

やってきたことを考えると、無罪放免とはいかない。

しかし、すでにどこか憎み切れなくなっているのも確かである。

奴が死ぬと思うと、少しばかり寝覚めが悪くなりそうだ。こんなにもはっきり命乞いもしてるしなぁ……。

「リリーちゃん、ちょっといいかな。確かめたいことがあるんだ」

確かめたいこと、か。

「じゃあトルクさんに任せるから、好きにしたらいいんじゃない？　どんな決定でも理由があれば反対しないから。――ねえ師匠？」

一応私たちの代表は冒険家リーノなので、最終決定は彼女がしなければならない。まあ、お約束というやつだ。

こうして、撮影と出稼ぎに忙しかった小学部二年生の夏休みが終わる。

最後の最後に遭遇した、楽しいハプニングの思い出と一緒に。

そう、思い出と物理的な意味でも一緒に、アルトワールへと帰港するのだった。

そして、二学期が始まる。

◆

出稼ぎの旅からアルトワール王都に戻り、一夜明けた今日。

「なんだかんだで結構楽しかったわよ」

「色々あったのね」

昼食の時間、高級レストラン「黒百合の香り」の個室を借り、そこに弟子たちの顔が並んでいた。

今日は出稼ぎ旅行に同行しなかった、兄の侍女リネットもいる。

フレッサの話を聞き、旅の最中の出来事を共有しているところだ。彼らの十億貢ぎはもう少しだけ続くからな。

食事をしている間にここまでの説明を簡単に済ませ、それぞれの前にデザートの皿が置かれた時。

「――お嬢様、そろそろいいですか？」

リノキスの言葉に、私は頷いた。

今日皆を呼んだ本題はここからだ。

「セドーニ商会から説明を聞きましたので、私から報告します」

私もまだ聞いていない最新情報である。

リノキスには今日の午前中、冒険家リーノとしてセドーニ商会と話をしてもらった。

色々と聞きたいことも、気になっていることもあったから。

そしてそれは私だけではないと思ったので、弟子たちを集めたのだ。

――もはや無関係とは言い難い話もあるので、弟子たち全員が知る権利くらいあるだろう。それぞれにいちいち話すのも面倒なので、この場の一回で済ませた方が効率的だ。

それぞれ生活も仕事もあって忙しいからな。

「まず、十億クラムの件です。この夏の出稼ぎで貯金が八億クラムを突破しました」

　おお、八億も行ったか。

　この夏で四億を超えないようなら大規模武闘大会は中止、という懸念もあったが。

　これはいよいよ十億クラムを用意するのも現実的になってきたな。

「二年で十億稼ぐ、なんて悪い冗談が本気で本当になりそうだな。しかも一年で八億かよ。金銭感覚がおかしくなりそうだ。俺、先月は一月で五百万は稼いでるぜ」

「あまり荒稼ぎして悪目立ちするなよ。ただでさえ冒険家リーノが目立ち過ぎている、どんな厄介事が舞い込むかわからんぞ」

　嘆くアンゼルを、ガンドルフが注意する。――そうだぞ、私のように金銭感覚が完全におかしくなったら大変だぞ。軽いノリで十億稼ぐとか言い出すようになるぞ。……まあそもそも私は現金を手に持ったことさえないので、おかしくなるも何もないか。

「むしろ目立つためにやっているから、その辺は構わない。むしろそうなるように動いていたところもあるから」

　リノキスが言うことは本当である。

　あえて売名行為じみたことをしている向きもあった。

　おかげさまで冒険家リーノの名は売れた。アルトワール随一の冒険家、と呼ばれるほどの成り上がりの成功者となった。

多くの者が、名前くらいはどこかで聞いたことがある、くらいに。

身の回りのことで具体的に言うと、レリアレッドが「リーノの取材をしたいのに応じてくれない」とぼやくくらい有名になった。

そこまで言われるほど名が売れたのなら、きっと武闘大会出場を表明すれば、大きな話題になるだろう。

当然、隣国（りんごく）辺りにも名前くらいは伝わっているはずである。セドーニ商会にも「それとなく名を売ってくれ」と言ってあるしな。

リノキスの説明は続く。

「十億を投資して開かれる武闘大会は、無事開催（かいさい）されることが決定しました。すでに計画は動き出していて、もう私たちの手を離れたと言えるでしょう」

よかった。ついに王様が動き出したか。

一年を掛けて準備すると言っていたので、この辺で動いてくれるなら準備期間は問題ないだろう。

開催は来年冬を予定しているからな。一年以上の猶予（ゆうよ）がある。

「それと、私たちの目標は十億クラムでした。残りは二億ですが、足りない分はセドーニ商会がぜひ出資させてほしいと言っていました」

ほう、出資を。

「返事は保留にしていますが、いかがいたしましょう?」

まあ、拒む理由はないな。

「武闘大会の利権が欲しいんでしょう。王様と相談して都合のいいようにしてくれって言っておいて」

そして、だ。

「最後は少し拍子抜けだけれど、これで十億クラムの件は達成ということにしましょう」

もう少し続けるつもりだったが、切りがよさそうなのでここまでにしようと思う。

各々ちゃんと本業があるのに頑張ってくれたのだ。これ以上付き合わせるのも悪い。

「貢いでくれてありがとう。私は幸せ者だわ」

私が感謝の意を述べると、なぜだかぱらぱらとまばらな拍手が起こった。ちょっと拍手の意味がわからないが。企画成功に対するアレだろうか。それとも、無茶な計画だと思われたのに意外と成功したから思わずしてしまった的なことだろうか。

まあ、なんでもいいか。

こうして十億クラムの件は片付いた。

あとは来年末に開催される武闘大会を待つばかりだ。

「次の報告です」

まず、最優先事項の報告を聞いた。

次の話題である。

話すべきことは、まだまだ残っているのだ。

「セドーニ商会からの提案で、今後も狩りをしてくれないか、とのことです。できれば自分たちが要望する獲物を狩ってほしい、と言っていました。——要するにセドーニ商会お抱えの冒険家になってくれないか、という意味ですね」

なるほど。

「それは各々の判断でいいわね。この中に生粋の冒険家はいないのだし、時々小遣い稼ぎがてら恩を売るのもいいんじゃない？」

「そうですね。ではこの話は、それぞれの判断に任せるということで」

うん、それがいい。

「ねえ、ちょっと質問していい？　さっきからずっと気になってたことがあるんだけど」

と、話が途切れた瞬間を狙ってフレッサが手を挙げた。

「あのさ、十億の件は終わりなのよね？」

「お嬢様の言葉を聞いてなかったの？　さっきそう言ったじゃない」

リノキスは本当に冷たいな。そんな棘のある言い方しなくてもいいだろうに。

「まあ聞いたけどさ。というか聞いたから、なんだけどさ」

しかしめげないフレッサは、表情を変えることなく続けた。

「つまり——私たちはもう、リリーから何も教えてもらえないってことになるの？」

あ。

……ああ、そうか。そうだよな。

彼らは正確には弟子じゃなくて、「十億稼ぐから手伝え、その代わりに強くしてやる」という約束で協力してもらっていたのだ。

十億稼いだ今、その約束はどうなるのか、という話だ。

——私はうっかり忘れていたが、フレッサほか、弟子たちは忘れてはいなかったようだ。

「おまえ、そういうことはっきり聞くよな。俺は忘れたふりしてたかったけどな」

「うむ。忘れたふりをして、今後も続けて教えてもらえることを期待していたのに」

アンゼルとガンドルフも気にしていたらしい。

「いや、はっきりしないとダメでしょ。リリーは暇じゃないんだから、いつまでも私たちに付き合ってはくれないでしょ」

皆それぞれ懸念はあったようだ。

なお、リネットが何も言わないのは、彼女だけは別の事情で修行が続けられる、むしろ逃げられないことを悟っているからだろう。

そう、彼女には兄に「氣」を教えた責任を取ってもらう必要がある。

軽はずみに兄に教えたおまえだけは逃がさんぞ！　絶対に私が納得するレベルまで「氣」を修めてもらうからな！　そして確と兄に教えろ！　私が納得するレベルまでな！　それまでは絶対に解放しないからな！

「あなたたちを鍛える話は追々しましょう。今は他に聞くべきことがあるわ」

そもそもの話、これ以上私が教えることも、そんなにないからな。

「氣」の修行のやり方は教えてあるし、あとは独学でそれなりにはなれるだろう。最強を目指すわけではないなら、これ以上の指導はいらないと思う。

だが、それは今話すべきことではない。

あとで希望者とだけ話せば済むので、今は話を進めよう。

リノキスに「話を続けて」と先を促す。

「あとは細々した確認事項がありますが、お嬢様だけ聞けば充分だと思います」

つまり私個人に関わる話か。

リストン家が関わるとか、魔法映像関係とか。

確かにこの辺の話なら、皆で聞く必要はないと思う。

「ただ、その細々の中で一番大きな報告が、例の空賊のことです。これだけは全員で聞いておいた方がいいかと」

ああ、連中か。

「それって襲って来たのを逆に仕留めたっていう？」

唯一その現場にいなかったリネットの言葉に、リノキスは「そうそれ」と答えた。

「彼らとは一緒に帰って来ました。その後のことです。ちょっと重要かもしれないので、耳に入れておいてください」

うん、途中までは一緒に帰ってきたな。空賊船三隻と。

さすがに王都までは来なかったが、途中で別れてセドーニ商会の乗組員とどこぞの浮島に向かっていったのは確認した。

ちなみに帰りは高速船の高速移動ではなく、空賊船に引いてもらう形でゆったり帰ってきた。

「彼らの大半は、マーベリアの飛行船技師でした」

ん？

「あれの大半が技師だったの？」

「その通りです」

おいおい、職人が何やってるんだ。てっきりその辺のチンピラの寄せ集めだと思っていたのに。

「長くなるので要点だけまとめますが、マーベリアは高性能の飛行船を欲しています。そのための開発チームに所属していたそうですが、結果を出せずに職を失い、更には国を追われたのだそうです」

そして空賊に、か。

確かに飛行船技師が乗組員も兼任しているというのは、なかなか頼もしいものがある。あんな金属の塊が飛ぶなんておかしな話だ、いろんな不都合が起こって当然である。

「マーベリアの空賊は元技師だ。そういう噂話を聞いたことがあったトルクさんは、それを確認したそうです」

そういえば、トルクは「ちょっと確かめたいことがある」みたいなことを言っていたな。面倒だったからあとは全部任せたのだが。

「来年、大規模な武闘大会があるというこの状況で、格安賃金でこき使える元空賊の大人の男が約四十人。しかも半分は手に職のある飛行船技師です。これを利用しない手はないと考えたようです」

ああ、連中をセドーニ商会の労働力として使おうというわけか。商人らしい考え方である。

「いいんじゃない？　双方納得してるなら」

奴隷も同然みたいな扱いになりそうだが、それでも、双方納得しているなら私がどうこう言うことじゃない。

こうして、少し時間を掛けた昼食の集いは、解散となった。

エピローグ

明日から二学期が始まる。

慌ただしい出稼ぎの旅が終わり、寮に帰ってきて、ようやく落ち着いたところだ。

そしてすぐに新学期が始まるわけだが。なかなかのハードスケジュールである。

「なんとか新学期の準備も終わりましたね」

「ええ」

寮部屋のテーブルには、明日から学院で使う文具が並んでいる。

あと私がやった夏休みの宿題。私が全部やったやつだ。フン、おまえの負けだ。宿題ごときが私に勝てると思うなよ。二度と私の前に現れるな！　……現れるだろうなぁ。

日程的に、結構ギリギリだった。

残り少ない時間でリノキスと揃えたのだ。

……この夏、休みらしい休みは、寮に帰ってきてからの一日二日くらいだったな。まあ悪い過ごし方をしたとは思わないが。

だが、夏休みを振り返ると、気掛かりは残っている。

たとえば、今年の夏は、王都にもシルヴァー領にも行かなかった。

もっと厳密に言うと、双方の撮影に参加しなかったのだ。

十億クラムの件を優先した結果である。どうしても時間の捻出が難しかったのだ。

レリアレッドとヒルデトーラには、一学期中から誘われていた。もちろんリストン家に正式なオファーも来ていたのだが。

今回ばかりは、出稼ぎを優先させてもらった。

ここで稼げないようなら、武闘大会開催が危ぶまれたから。

どこかで穴埋めはしたいところだが……あ、そういえば。

「リネットから聞いてる？」

「はい？」

揃えた文具を片付けて、紅茶を淹れているリノキスに問う。

「夏休みのお兄様のこと」

「ああ、はい。少しだけ聞いていますよ」

お、そうか。

「まあリネットが語るニール様の話ですから、少し盛ってる可能性はありますが――ニール様はお嬢様の代役を見事こなされたそうですよ」

――そう、実は今回の夏休み、私不在の穴埋めを兄ニールがする、という予定になっていた。

話の流れまではわからないが、ヒルデトーラの漁村のお祭りとか、シルヴァー領での撮影とか、それらには参加するという話だった。

映像として観(み)られるのは、もう少し先になると思う。きっと二学期中の放送となるだろう。

結果が気になるところだが、まあ、とにかく。

ヒルデトーラはともかく、レリアレッドから文句を言われることはなさそうだ。彼女は私より兄がいた方が喜ぶだろうしな。

あとは、映像の出来映(ば)えが気になるところだが。

まあ、放送を楽しみに待つとしよう。

――さて。

「これを飲んだら出掛(でか)けるわ」

「そうですか。時間的に丁度良さそうですね」

うん。

もうすぐ指定の時間だ。あえて遅れて行って相手を苛立たせる、という策もあるが。無策で問題ないので、さっさと終わらせて帰ってこようと思う。

「お嬢様、軽くひねってきてくださいね」

「そうね」

いつでも勝てる相手なら、勝ち負けなどこだわらないが。

こういうのは最初が肝心だからな。

まだまだ陽射しが強い。

明日から秋になるそうだが、信じられないくらい暑い日々が続いている。

炎天下のサトミ速剣術道場の傍には、三十人ほどの子供たちが集まっていた。小学部生と中学部生、加えて数名だが高学部生までいるようだ。

思ったより人がいて驚いた。しかも幅広い年齢層である。

きっと全員暇なのだろう。

明日から新学期だ、でも今日はもうやることがない。今更外へ遊びに行く時間もないし暇だな、と。

そんなちょっと暇している時に、ちょっとしたイベントがある。だから見学に来た。そんな感じだと思う。

「――あ、ニアちゃんだ！」

「――ニアだ！　本物だ！」

はいはい。うんうん。

声を掛けてくる子供たちに手を振り、私はそのまま歩く。

「――ニア！」

あ、サノウィル・バドルだ。一学期中はあんまり遊んでやってないな。どれ、時間があったら後で構ってやろうかな。一応兄の先輩でもあるし。

「――師っ……ニア殿！」

あ、ガンドルフもいる。あいつも暇していたのかな。

そんな大柄な彼にも手を振り、私は目的地に到着した。

そこには――赤い鉢巻をなびかせて仁王立ちするキキリラ・アモン。そして学院準放送局の連中が待ち構えていた。

うん、面構えはいいな。

気合も入っている。

惜しむらくは――明確な実力差。

これぱっかりは気合くらいでは覆せない。

歩み寄る最中、準放送局監督のワグナスと目が合う。彼は頷いた。それで私も納得した。

「お待たせ」

キキリラの前に立ち、私は言った。

「この度は果たし状をありがとう」

と、ポケットから封筒を出して見せる。

差出人を書くところに、殴り書きと思しき「果たし状」の文字がデカデカとある。実に挑発的でちょっとわくわくした。

ちなみに内容は「もし時間があったら駆けっこで勝負しましょう、日時はここね」と。割と丁寧に書いてあった。

キキリラに関わりたくなかったからすっぽかすことも考えたが、今は来てよかったと思っている。

これだけ人が集まっているのに私が来なかったら、準放送局も私も顰蹙を買っていただろう。危ないところだった。

果たし状を手に微笑む私に、キキリラは吠えた。

「勝負だ、ニア・リストン！」

さっき監督と目が合ったところで、確信した。

これは準放送局の撮影である。そして今すでにカメラが回っている。

犬との駆けっこで無敗を誇るニア・リストンへの挑戦、という企画だろうか。キキリラの運動神経の良さを最大に活かして、という趣旨のものだと思う。

面白いかどうかはともかく。

駆けっこ無敗の私にキキリラが勝てれば、それは確かに、正式放送がされそうな映像になるかもしれない。一応私の無敗記録は有名だから。

で、だ。

「え、うそっ……⁉」

開始の合図で走り出し、当然私が勝った。

ギリギリ勝つ、という調整までする余裕があった。リノキスの言う通り軽くひねってやった。

周囲の子供たちも、驚いたりなんだりと反応する中――キキリラは愕然としていた。本気で驚いていた。

よほど自分の足に自信があったのだろう。

「わ、私、走って負けたの、初めて……」

ああそう。

まあ速い方なんじゃないか？

素人(しろうと)の中では。

愕然としている年上のお姉さんに、私は言ってやった。

「また挑戦してね」

模範的(もはんてき)回答をしておいた。

カメラが回っているからな。あまり強いことは言えない。言う気もないが。

よし、これでしばらくは、キキリラが絡んでくることはないだろう。

粛々(しゅくしゅく)と二学期を過ごせるはずだ。

なお、私とキキリラとの勝負は、放送されなかった。

映像の世界もシビアである。

書き下ろし　フレッサの仕事

「最近リリー来ないわね」

今夜も「薄明(うすあか)りの影鼠亭(かげねずみてい)」は盛況(せいきょう)である。まあ客が多かろうと、単価が安いので利益はあまり出ないのだが。

カウンター席に座(すわ)るのは、最近冒険家(ぼうけんか)界隈(かいわい)ではよく名を聞くリーノことリノキス。

そして仕事をさぼって横にいる店員フレッサだ。

「今忙しいからね。プライベートで動く余裕はないかも」

狩りを中心とした冒険から帰ってきたリノキスは、ここで一杯(いっぱい)やって、それから借りているアパートメントに帰るのだ。

一杯やって、帰る。

この間に、リーノを追っている者を撒(ま)くのだ。

店には、密(ひそ)かにリノキスを追う者がたくさんいる。

今やこの国で一番稼いでいる冒険家だ。素性(すじょう)を知りたい、正体を知りたい、取り入りたい、という輩は多い。

「リリーちゃんか。まだ会ったことがないな」

老齢のバーテンダーがグラスを磨きながら呟く。

アンゼルが雇った店番ギースである。

彼にもリノキスの事情は話してある。ここを拠点にし、ここで消息を絶つから協力するために。

裏の事情に詳しい彼は、多くを聞かないのでやりやすい。

ギースは夜番が多い。

「いずれ会うことも……ないかなぁ」

しかしリリー――ニア・リストンが表立って動けるのは夕方辺りまでだ。学院の門限もあるので、必然的にそうなってしまう。

「そうか。顔合わせくらいはしたいんだがな」

まあ、いずれ機会があれば、という感じである。

もっとも、あと少しで二年生になる現在のニアは、特に忙しい。

今は一年生の三学期である。

来年度に向けての準備もあるし、撮影も当然多いが。

今一番大きな問題と言えば、進級試験だ。

ニアは頭は悪くない。ちゃんと授業にも付いて行っている。小テストの結果もいいし、今の状態なら試験を受けても問題ないはずだ。

だが、本人の意識は違うらしい。

勉学そのものに苦手意識が強いせいで、どうにも自信がないようだ。宿題もやればできるくせにやりたがらないし。「もし数字が神なら殴り飛ばして消滅させている」などと、子供らしいのからしくないのか判断に困る泣き言を言うし。

専属侍女としては、少々もどかしいところがある。

「明日からしばらくは本業？」

「うん、リネットと交代。フレッサは一緒に行かないの？　最近あんまり狩りに行ってないでしょ？」

十億クラム稼ぐ手伝いをする、という約束をしている。だからフレッサにとっても他人事ではない。

対価はもう貰っているから――「氣」という力を。

「悩んでるのよね。私の場合、魔獣相手は得意じゃないから。お金になりそうな大物は狩れない場合が多いし」

フレッサの本職は暗殺者。

つまり対人専門だ。

人を殺す術なら熟知しているが、人以外が相手となると……と。何度か出稼ぎに出た結果、魔獣狩りは効率的ではないと判断した。

小型の武器は対人用であり、大きな魔獣には効果が薄い。しかし小さな魔獣を狩ったところで稼げる額は知れている。

「正規の仕事の方が稼げる気がする。……でもそれもちょっと怖いじゃない？」

「そうね」

リノキスの目が細く、そして冷たく尖る。

「もし私たちに関係する人を殺したら、私がフレッサを殺すことになるかもね」

リノキスは本気で言っている。

私たち――リストン家に関わる者を殺したら後がないぞ、と。

それに対して、フレッサは楽しそうに笑う。

ちゃんと警告してくれるだけ優しいな、と思いながら。

「そうよねぇ。今この状況で要人狩りなんて、ドラゴンの逆鱗の上で踊るくらいヤバイわよねぇ」

フレッサは思う——リノキスならなんとかなるかもしれない、と。

だがその後必ず出てくるだろうニアには、どう足掻いても勝てない。恐らく逃げることも不可能だ。どこまでも追ってくる未来が容易に想像できる。

ああいうタイプは、自分のルールにこだわる。特にけじめをつけることに関しては、命を懸けてでも果たそうとするだろう。

理屈では動かない、自分が納得できるかどうかで動く、そういうタイプだ。

——少し前から、フレッサは薄々考えている。

そろそろ潮時、本職は廃業かな、と。

裏社会でも特にディープな仕事をしていただけに、簡単に「はい辞めます」とは言えないし、誰も認めない。裏を知っているフレッサを放置もできない。

きっと同業者が命を狙ってくるだろう。

しかし、今の自分なら、刺客どもを撃退できるかも……いや、まだ時期尚早だろうか。

悩ましいところだ。

「ごちそうさま」

二杯ほど飲んで、リノキスは立ち上がる。

「またね、フレッサ。ギースさん」

リノキスは今日も、裏口から店を出た。

さて、ここからもう一仕事だ。

――監視の目は多い。

暗がりに、路地の脇道に、屋上に、窓に、その辺にたむろして。

多くの目が、酒場から出たリノキスに向いている。

ここからどこへ行くのか、どこへ帰るのか。

噂の冒険家リーノの住処を、素性を、プライベートを、全て知りたいわけだ。

今やリーノは、短期間で億単位を稼ぐ凄腕である。事実は少々異なるが、表向きはそれで間違いない。

そういう実績があるし、実際強い。

誰がどう絡んでも、襲い掛かっても、撃退している。

そして追跡を許していない。追跡のプロも、それこそベテランの冒険家だって目を光らせているのに、未だどこへ帰るのか謎のままだ。

ちゃんとリノキスが撒いているから。

「……うーん」

リノキスは動かず、向けられている視線たちの死角を探る。

「氣」が身に付いたことで、人の気配も読みやすくなった。確実に感覚が鋭くなっていると思う。

人体の基礎能力を上げるのが「氣」。

察知能力も上がっているのだ。

ニアが「氣」を駆使してダンジョンの地形を調べていたが、恐らくこの感覚の延長線上で、できるようになるのだろう。

「よし」

脱出ルートが見つかった。

早歩きで動き出し、一つ目の曲がり角を折れて全速力で走る。更に一つ曲がって、壁や窓枠などを足掛かりに、一気に建物の屋上へと駆け上った。

「――消えた!?」

「――くそ！　捜せ！」

下で小さく声が聞こえ、彼らはどこかへ走っていった。

よし、撒いた。

リノキスはそのまま屋上で着替えをする。酒場に置いていた着替えを持ってきたのだ。

冒険家から、ただの町娘へ戻る。

そして建物の上を移動し、アパートメントへ向かうのだった。

「どうしようギースさん。ついに言われちゃったわ」

リノキスを見送ったフレッサは愚痴をこぼす。

特に気にした様子もないが、ポーカーフェイスが得意な女だ。表情と心情は比例しないことが多い。

「リーノの言っていた出稼ぎか？」

「そう、それ」

ギースが雇われた理由がそれだ。

現に今、アンゼルが出稼ぎに出ている。本当ならフレッサも行かねばならないのだが。

だが、フレッサは悩んでいた。

彼女に限っては、出稼ぎが効率的ではないのだ。無理に出ても、多少の手伝いくらいしかできないのが現状である。

「おまえやアンゼル君が、誰かに大きな借りを作るとは思えんが。……何かデカい仕事をしくじったのか？」

「ううん。高い買い物をした、って感じ。その支払いね」

「氣」のレクチャー代として十億クラム。

フレッサはそう認識している。そして十億以上の価値があったと思っている。

だから、働きたい気持ちはあるのだ。

単純にニアに不義理を働くのが怖いというのもあるが、何より裏の住人として、貸し借りは早めに解消しておきたい。そうじゃないといずれ足元をすくわれるから。

しかし、だ。

「経験から学んだ個人的な法則だけど――効率的ではない活動は、失敗に繋がることが多い気がするの。少なくとも私はね」

無駄が多いというか、リスクが発生するというか。

無駄が多いからこそリスクが発生する、というべきか。

仕事は、迅速かつ短時間で済ませるのが一番だと思う。そしてフレッサは、魔獣相手にはそれができないのだ。もっと言うと怪我をするリスクが高いとさえ思える。

「わからんでもない。苦労しようが楽しようが、金は金だからな。楽に稼げるに越したことはない」

その認識で合っているような、いないような。

しかしまあ、同感である。

要は出稼ぎに出なくても稼いで、支払いができればいいのだ。

「なんかないかな、ギースさん？　稼げるやつ」

「闇闘技場に出たらどうだ？」

「うーん……昔ちょっと揉めて出禁になっちゃったからなぁ。近づくことさえまずいっていうか」

「冒険家の日雇い依頼は？」

「登録から始めることになるから、報酬がいい依頼はすぐ受けられないでしょ」

「盗みは？」

「うーん……今度お偉いさんに睨まれたら、首が飛びそうなのよねぇ」

「カジノは？」

「そっちでも睨まれてるから、入った瞬間揉めると思う」

――ギースとしては呆れるばかりだ。

揉め事の数ではなく、そこまで問題を起こしていて、フレッサがまだ生きていることに。

悪運が強いのか、それともよっぽど仕事の腕がいいのか。

あるいは、両方か。

「大人しく出稼ぎに行けばどうだ?」

「えー?　ギースさん冷たーい」

「――おい酒!　さっきからずっと呼んでるぞ!」

少々さぼり過ぎたようだ。チンピラが青筋立てて呼んでいる。

「はいはいはーい。今行きますよーっと」

いつもの軽い調子で、フレッサは仕事に戻った。

――本当にどうしよう、と。

内心、かなり本気で悩みながら。

◆

「――というわけでお金が欲しくてさ。なんかいい仕事入ってない?」

春は近い。

だが、まだまだ寒い日々が続くそんな夜、フレッサは倉庫街にいた。

フレッサは黒服を着ている。路地裏の酒場で働く店員姿と違い、まるで別人のような雰囲気をまとっている。

恐ろしく危険で、しかし、人を引きつけるいい女特有の甘い香りを漂わせていて。

お近づきになりたいが、近寄れば怪我をする。

正真正銘、そんな裏の住人そのものだった。

「ないな」

対する男は、情報屋である。

倉庫の脇の闇に紛れて立ち話だ。この辺に人は少ないが確実にいるので、下手に動かない方が人目を避けられるのだ。

「殺しはなしだろ？　殺し以外で報酬がいい仕事なんて、俺は知らないな」

「……だよねぇ」

ここ数日、何人か情報屋を当たっているが、皆答えは同じだった。

――夜の倉庫街の一角は、アルトワールで一番危険な場所となる。

ここらには非合法の店があり、闇闘技場があり、未認可のカジノもある。

よその国で言えばスラムに当たるのかもしれない。しかしこの国には、少なくとも王都にスラムはないので、一番荒れている場所であってもかなり穏やかである。

一見した限りでは。

おかげでよそから流れてきたマフィアや荒くれどもが、与し易しと判断してここらの裏社会を牛耳ろうと侵略してくることがあるのだが――。

穏やかだからと言って、弱いとは限らない。

暗殺組織「脚龍（キーロン）」を始め、アルトワールの闇にも危険な連中はたくさんいる。それこそ、表にも世界最強クラスの子供もいるくらいだ。フレッサが知らないだけで、まだまだ強い者はいるだろう。

「密入国者は？　ヤバイのが紛れ込（こ）んできてるとかは？」

「相変わらずたくさんいるが、引っかかる情報はないな。その辺はしっかり網（あみ）張ってる連中がいるし、本当にヤバイのは通してないはずだ」

――ちなみにフレッサも密入国者である。もう何年も前に来たので、そのことを知らない者も増えてきた。

「密輸もない？」

「小遣（こづか）い稼ぎ程度はあると思うが、派手なのはないと思う。そっちも睨みが利（き）いてるからな。平和なもんさ」

「……そう」

いよいよ切羽詰（せっぱつ）まってきた。

密入国者や密輸関係は、うまくやればお手軽に儲（もう）かるのだが。儲かるだけにアルトワールの闇の監視も厳しく、大きな動きはないようだ。

仕事がない。

こうなると、出稼ぎに出て魔獣を狩（か）った方がまだマシかもしれない。効率的ではないが、それでも稼げないわけではないから。

しばらく出稼ぎに出ていない。

そろそろ金を稼がないと、ニアに小言を言われるかもしれない。それは怖い。アンゼルなどに言われるならまだいいが、ニアの信頼（しんらい）だけは揺（ゆ）らがせてはならない。

まだ学びたいことがたくさんあるのだ。まだまだ強くなりたい。せっかく劇的に強くなれる機会を得ているのだ、このチャンスだけは逃（のが）せない。

裏社会で生きるためには、強くないといけない。

少なくとも――フレッサが知る内で、自分より強いであろう「本家脚龍（キーロン）」「勇星会」「猛獣傭兵（もうじゅうようへい）団ビースト」「四空王・白鯱空賊団（ホワイトオルカ）の暴走王」……あの辺よりは強くなっておきたい。そうそう遭遇（そうぐう）しないとは思うが、遭遇して戦闘（せんとう）になれば死ぬ。世の中恐ろしい者は多いのだ。

まあ、それでも、最たる存在はニア・リストンだが。あれは強い。強さの次元が違う。

そして、その強さに繋がるきっかけを、今掴（つか）んでいるのだ。

諦（あきら）める手はない。

「いくら必要なんだ？」

「最低百万。もっと稼げるならもっと欲しい」

「殺し以外ないな」

「殺しはちょっと。今はまずいのよ」

本業が暗殺者なのに、その暗殺ができないという現状。

やはり、もう廃業だろうか。

「――時間取らせたわね」

めぼしいネタはなかった。

情報屋と別れ、フレッサは歩き出す。

もう普通に出稼ぎに行った方が早いかな、と思いながら。

◆

誰が始めたか知らないが、ニアの弟子たちは、飛行船の一室を借りて訓練を行う。

今回は、フレッサとリネットだ。

「仕事ね。……確かにちょっとわかるんだけど」

傾向は違うが、同じく武器を使う者。

リネット・ブラン。

リノキスの友人でありニアの弟子だという紹介をされて、一緒に出稼ぎをしている仲だ。

ニアの弟子というには、珍しく剣……武器を使う女だ。リノキスよりよっぽど冒険家らしいと思う。

武器を使う者同士、フレッサの迷いと葛藤が理解できるようだ。まあ彼女は無手での戦い方も学んでいるらしいが。

「大きな武器を持つ、という選択肢は？」

「向いてないと思う」

穏やかに会話しながらも、かなり張りつめている。

お互い刃物を持っているのである。一瞬気を抜いただけで大怪我だ。

「そもそも私、武器に固執してるわけじゃないから」

「そうよね。そんな感じ――よね！」

剣で弾いたはずのナイフが飛んできて、リネットはかろうじて避ける。

と――。

「対人戦なら、って感じ。本当に」

「……やっぱり強いわね」

ほんの一瞬体勢を崩しただけで、フレッサは距離を詰め、リネットの首筋にナイフを突きつけていた。

——フレッサから言わせれば、あの剣を振り切った体勢からナイフを避けられるリネットの方が恐ろしいのだが。

手首の返しだけでナイフを投げる高等テクニックだ。剣で弾かれた直後に放ったのだが、この女は躱して見せた。

腕を振らない、体勢も関係ない、予備動作を見せない読みづらい攻撃である。しかも打ち合いの最中という至近距離で、だ。これに反応できる者など……まあ、最近はざらにいるか。ニアなんて初見でも余裕で受け取って見せたし。

「でも、こんなナイフじゃ大型魔獣は狩れないのよね。中型も怪しい」

傷つけることはできても、急所まで刃が届かない。今のだって威力は低い。人の顔面目掛けて投げるからこそ、まだ致命傷が狙えるのだ。

「知っての通り、私の武器は隠し持てる小型の物ばかり。いわゆる暗器ね。でも別に武器にこだわってるわけではないのよね」

効率的に仕事をこなすための武器だ。それ以上でもそれ以下でもなく。

そんなスタイルが、魔獣狩りには向いていないのである。

「なんかダメね」

「はっきり言うじゃん」

数日の狩りを終えて、帰りの飛行船に乗る。

帰りはいつも用意してくれる風呂に遠慮なく飛び込み、そしてリネットに言われた。

なんかダメね、と。

「陽動とか囮とか、その辺はありがたいけど。でもフレッサは狩りはダメね。あなたのやり方、獲物の傷が増えすぎる」

「魔獣が大きくなればなるほど、ね」

わかっているのだ、言われなくても。

リノキス、アンゼル、ガンドルフのように、頭蓋骨を砕くような重い攻撃は無理。

だがリネットのように、一撃で首を刎ねたり急所を一突きするような長い刃物は、持ち合わせていない。

フレッサが魔獣を狩るとすれば、少しずつ削っていくことになる。しかしそれは獲物の価値を下げる狩り方だ。皮は傷つき無駄に血も流れる。

無論フレッサだって不本意だ。

実に中途半端な強さだ、と自分でも思う。

「ね？　私が狩りに出ても効率悪いでしょ？」

「むしろ足手まとい」

「はっきり言うじゃん……」

わかっているのだ、言われなくても。

「リリーに相談してみたら？」

「もうしたよ。さりげなくだけど」

「なんて言ってた？」

「『下手に口出しするとフレッサの良さを殺しそうだから、何も言えない』だって。きっとリリーとはスタイルが違いすぎるんだろうね」

ニアは武器を使わないし、暗殺術も使わない。というかそういう次元は超越しているので、小手先のテクニックなど必要ないのだろう。

「でも今のままだと足手まといよ？」

「はっきり言うなよ」

わかっているというのだ、言われなくても。

「今度足手まといって言ったら、おっぱいもぐからね。結構傷ついてるから」

「……もぐ……」

湯船の中、リネットは少し距離を取った。

もちろんフレッサは離れた分だけ近づいたが。攻撃範囲に捉え続けたが。

◆

路地裏の酒場に顔を出した昔馴染みナスティンに話を振ると、予想に反した返答が来た。

「あぁ？　殺し以外で実入りのいい仕事？　あるよ」

「あるの⁉」

初めてのヒットに、フレッサの方が驚いてしまった。

正直、全然期待していなかったのだが。

「そんなおいしい話があんのか、ナスティン？」

と、今日は店にいるアンゼルが問うと、ナスティンは頷く。

「あるっつーか、おまえらも知ってるだろ？　ほら、地下下水路の」

そこまで言われて、フレッサとアンゼルも心当たりに気づいた。

「――地下の定期調査ね。そういえばこの時期だっけ」

ここ王都の地下下水路は、様々な噂がある。

アルトワール王城に繋がっていて王族用の逃走ルートがある、とか。

夜になると魔獣の声が聞こえる、とか。

面白いネタでは、暗殺組織のアジトがあるとか。でもこれはガセネタである。

他にも逃げた凶悪殺人者が住み着いているとかなんとか。

まあ、全部ありがちな噂である。

ただ――非常に広大で入り組んでいて、地図を裏切りよく変化する。

まあダンジョンではないので、自然に変わるわけではないのだが。人為的に道が増えたり壁が壊されたり、また塞がれたりするのだ。

暗い地下。

人は寄り付かず、死角も多い。

そんな場所だけに、いろんな目的で人が潜り込み、自分の都合のいいように作り変えてしまう。

広いので端々にまで目が届かず、だからこそ、見回って確かめる調査が定期的に行われるのだ。

時期も頻度もある程度は決まっているが、いつもバラバラだ。調査することが漏れたら逃げる者も多いから。いわゆる抜き打ち調査推奨だ。

「五日以内に終わらせれば三百」

「三百か」

五日くらいで終わるなら、フレッサの要望通りの仕事である。

——今なら単独でいけるか？

「氣」を憶えた今ならどうだろう。

もしも自分より強い存在と遭遇した場合……戦って勝てないまでも、逃げるくらいはできるのではないか。

この調査で怖いのは、自分より強い何かと遭遇することだ。

通常なら何人も集めて身を守りながら行動するが、人数が増えれば取り分も減る。だからやるなら一人でやるべきだ。

場所的に大型魔獣はいない。

いたら音や振動、様々な要素で誰かが察知しているだろう。それがないから大きな生物は生息していない、はず。

対人なら、ニアくらい恐ろしい相手と遭遇しない限り、大丈夫だとは思う。どんな相手でも勝てないまでも逃げ切る自信はある。

出稼ぎよりは効率的だと思うし、リスクがあるのはどちらも一緒だ。

リネットに「ダメ」だの「無駄にでかい胸」だの「美人なだけの役立たず」だの言われた心の傷は、未だ生々しく残ってずきずき痛むのだ。……ちょっと言われてないこともあるかもしれないが、心に傷を負ったのは本当だ。

今のまま素直に狩りに行くのは、ちょっと抵抗がある。足手まといって言われたから。

「やってみようかな」

このところ十億に貢献できていない。稼ぐチャンスがあるならやるだけだ。

「行くのか？　だったら幽霊に気を付けろよ」

前向きに検討し始めたフレッサに、アンゼルが言う。

「幽霊？　……ああ、そんな噂もあったね」

そういえば最近聞いた噂である。

地下下水路に……というか、暗くじめじめした人気がない場所に幽霊。まあよくあるネタだ。ありすぎて気にならないくらいに。

誰かが故意に流した噂であるなら、人除けである可能性がある。ならばまた誰かが住み着いている、かもしれない。

「まあせいぜい気を付けるわ――それで？　ナスティンはどれくらい中抜きするわけ？」

「正当な仲介料と言ってくれよ。おまえがしくじれば俺の責任問題になるんだからな。リスクに対する当然の報酬だ」

「それで？」

「二百」

「待って。元の報酬は五百万ってこと？　それ取りすぎじゃない？」

「嫌ならやんなくていいぜ。もっと安く使える奴を集めるだけだし、そもそもフレッサにやってもらいたい仕事じゃねぇし」

「へえ？　友達からぼったくろうって？」

「友達？　誰が？　おまえが？　おまえには酔い潰されて財布抜かれてゴミ捨て場に捨てられた恨みしかねぇけど？　しかも三回」

「やべ」

　フレッサは仕事に戻ることにした。

　つまらないことを思い出させてしまったようだ。これ以上話すと、もっと取り分が減ってしまう。

「明日から始めるから。他に仕事回さないでよ」

　それだけ言って、昔馴染みとの話を打ち切った。

◆

「――概要は以上だ。まあおまえには詳しい説明はいらないよな」

　翌日。

　よく利用する喫茶店で朝食を取りつつ、再びナスティンと会い、地下下水路の地図を受け取る。

仕事内容の説明は、軽く確認だけだ。

過去、一度だけ調査に参加したことがあるから、だいたいわかっている。

「通路の確認と調査。宿無しは放置でいいけどチンピラなんかは蹴散らして追い出す。なんらかの組織みたいな連中は極力手を出さず報告する。

これでいいのよね？」

「ああ。その辺の変更はない」

つまりいつもの定期調査だ。

宿無しどもが溜まるのはいつものことで、これは害はない。チンピラたちが溜まると組織に発展するので、こっちは潰しておく。

あとは、何かしらの組織が隠れ家として使い出している場合だ。この場合は相手の正体を突き止めてからの対処になる。対処するのはナスティンか、その上のお偉いさん方だ。

「一人で大丈夫か？」

「一人の方が動きやすいからね」

フレッサは駆け抜けるつもりだ。

要約すると、通路の状況確認、邪魔者は適当に対処する、という簡単なお仕事だ。全域を見回る必要があるだけで、細かな異変の発見までは求められていない。

それに、地下の住人から情報が聞ければ、調査も早くなるだろう。

地下下水路は広く入り組んでいるが、五日もあれば充分踏破できるだろう。

「ご馳走様。早速行ってくるわ」

朝食を済ませ、フレッサは立ち上がる。

「おごるとは言ってねぇけどな」

気前のいいナスティンに会計を任せ、さっさと店を出た。


地下への入り口はたくさんある。

その中の一つ、地下への入り口の上に建てられた、王都所有の小さな小屋に入る。要するに正規ルートというやつだ。

いつもは当然カギが掛かっているが、今日は開いている。事前に関係者が開けておいたのだ。

基本的に、国の雇った業者以外は立ち入り禁止となっている。王都の排水事情の全てが地下に広がり、集約している。

フレッサは、詳しい地下下水路の原理までは知らない。

大まかには生活排水がここを通り、大きな貯水庫に溜まり、魔法処理を加えて綺麗にして、海に流れているらしい。

人の排泄物などは、それを無害なものに分解する魔法処理方法が確立している。そのものがモロに垂れ流されることはない。

おかげでアルトワールの地下下水路は、案外綺麗なものだ。

無骨な石積みの通路が続いている。

通路の両端に歩道があり、中央を流れる排水は果ての見えない闇の奥底へと穏やかに流れている。

「――相変わらず臭いわね」

梯子を下りて立つフレッサは顔をしかめる。

汚水はほとんどないはずだが、それ以外はあるわけだ。

たとえば、ここに生息していた魔獣や動物などが、朽ちて腐っているかもしれない。それはもしかしたら魔獣や動物ではなく、人間かもしれない。

そんな正体不明の臭いが充満している。

ここは陽の光が届かない地下。基本的に何があっても表沙汰にはならない。おまけに空気もあまり流れず、湿った淀みは目に見えるかのようだ。

しばらくそのまま動かず、周囲を見る。

壁に埋め込んである、淡い光を放つ魔石の灯りに目を慣れさせて、歩き出した。

中はかなり薄暗いし魔石の灯りは少々頼りないが、まあ移動するだけなら問題ないだろう。

「――誰かいれば話が早いんだけどなぁ」

そんなことをぼやきつつ、地図を見ながら早足に行く。

床にうっすら埃が積もっている。

最近に限れば、この辺はネズミさえ通っていないようだ。

まあいい。

人が潜り込みそうな区画はここじゃないので、地道にやっていこう。

◆

「これでだいたい半分か」

王都は十八区に分かれている。だから地下下水路も十八区域だ。

調査三日目。

今日も地図を確認しながら、踏破を目指す。

慣れてからは駆け抜けてきただけに、調査は順調だ。臭いと環境が不快なこと以外は、特に問題はない。

幸いというかつまらないというか、チンピラは潜り込んでいない。

宿無しはいたが、数は少なく、面白い情報は聞けなかった。

春が待ち遠しい、まだ寒い時期だ。水場の近くは寒いので、たむろするにも寝るにも適していないのである。

だが、はっきりした異変は見つかっていない。

この分なら、明日の夜くらいには終わりそうだ。

……と、思っていたのだが。

「――幽霊がよぉ。なんかいるみたいでよぉ」

調査中、二人組の宿無しがいたので話しかけてみた。

どちらも小汚いおっさんである。

小銭を握らせて「地下の調査をしているけど何か気になることはないか」と聞けば、そんな話がこぼれた。

「幽霊？」

噂に聞いたし、アンゼルにも言われて一応は気にしていたが。

まさかここで聞くとは思わなかった。

「ああ。白くてひらひらした奴が、奥の方をすーっと移動してるのを見てよぉ。もう俺ぁブルッちまったよぉ」

「俺もだ。寒いもんな」

「ばかやろ。寒さで震えたわけじゃねえよぉ」

フレッサは考え込む。

幽霊。

酒場で聞く分にはつまらない噂だが、ここで……現地で聞くなら、信憑性は段違いだ。

本当に幽霊がいるかどうかはともかく。

幽霊か、そう見える何かがいる可能性は、非常に高くなった。

この宿無したちが嘘を吐く理由はないのだ。あるいは「誰かにそう言え」と命令されている場合も考えられる、が。

「だからこんな薄気味悪いところで寝泊まりするのは嫌だったんだよぉ。寒いし臭いしじめじめしてるしネズミ一匹いやしねぇ。食いもんがねえじゃぁねぇかよぉ」

「俺もだ。腹減った」

「おまえが俺を連れてきたんだろうがよぉ」

この二人が誰かの命令で動いているとは考えづらい。人を騙すつもりであれば、あまりにも言動に緊張感がなさすぎる。

まあどっちにしろ、幽霊がいようがいまいが調査するしかないのだから、なんでも構わないが。

「幽霊、どこで見たの？」

――彼らが指したのは、第十区方面だった。

まだ調査していない方向だ。

「ありがと。もし行き場に困ったら倉庫街へ行くといいわ。お仲間がいるから」

こんなところで餓死だの凍死だの溺死だのされても迷惑なので、さりげなく誘導しておく。

アルトワール王都にスラムはない。

行き場のない者の受け皿は、裏の住人が請け合っている。中抜き狙いで仕事の斡旋をしている者もいる。

扱いがいいかどうかは別問題だが、少なくとも寝る場所と食う物には困らないはずだ。

宿無したちと別れて歩き出す。

――とりあえず、調査を続行だ。

調査四日目。

昨日は少し頑張って、十七区分の調査を終了させた。

残りは一つ、第十区だけだ。

幽霊の目撃情報があった区域だ。何かありそうなので最後に残した。調査にどれだけ時間を使うかわからないからだ。

何かはある、と思う。

だが、何かはまったくわからない。

幽霊も……いても不思議ではないが、いたところで大した霊ではないだろう。定期的な調査が入っているから、リッチみたいな大物がいるはずもない。

それよりは――幽霊に見せかけている人がいる、と考えた方が自然だし、よっぽど脅威だと思う。

「面白い結末を期待しちゃうわね」

というわけで、フレッサは最後の区域の調査に入った。

◆

「――ふうん？」

床の汚れ具合、停滞する空気、そして女の勘。

どれを取っても、この区域の異常性を訴えてくる。

しゃがみ込んで床を観察する。

うっすらかぶった床の埃の乱れに、土汚れ。よく見ないとわからないそれらの情報を読み取る。

「……三人？」

靴跡がある。三種類。そこそこ大きいから恐らく男だろう。かなり入り乱れている様子から、頻繁に出入りしているのかもしれない。

三人。

組織やグループにしては少ないので、仕事上の付き合いがあるトリオ、という括りだろうか。

こんなところでこそこそやっている以上、まともなことはしていないだろう。ましてや彼らは幽霊の振りをして姿を見せないようにしている。

いや、ここらを出入りしているのが三人ってだけで、仲間自体は大勢いるかもしれない。

「フフッ」

何にせよ、悪事の臭いがする。

つまり金の匂いがする。

仕事の内容では、軽く調査して報告が義務になる。だが小規模な何かであれば現場判断で解決してしまっていいだろう。報告するまでもない程度のことなら。手間を省いてやって何が悪い、ただの親切だ、で押し切れる。

ただ、そう。

ちょっと悪事を潰すついでに、金目の物をそっと懐にしまいこむだけの話だ。

「——よし」

しっかり調査して、ついでに覗き見もして、一旦引き揚げることにした。

その日の夕方、フレッサは再び地下下水路に戻ってきた。

「どっちだ？」

助っ人アンゼルを連れて。

「向こう」

少し事情を話したら乗り気になったのだ。

今では酒場の店主なんて堅気みたいなことをしているが、やはり根はこちら側だ。気楽な儲け話に飛びついた形である。

「念を押すけど、報酬はないからね」

「わかってるよ。つーか山分けでも使い道は一緒だ。仮にここで報酬が貰えたとしても、全部十億に回すつもりだからな。おまえの目的と一緒だろ？」

　確かにその通りだが。

「従順ね」

　この男も結構なひねくれ者だ。人の言うことを大人しく聞くタイプではないはずだが。

「後が怖いからな。もし十億稼げなかったらどうするよ。俺は逃げるぞ」

「ああ、まあ、私も逃げるわね」

　――ニア・リストンを怒らせるな。

　その点においては、フレッサとアンゼルの意見は完全に一致している。現在の最優先事項くらいに。

　二人は歩き出す。

「どんな状況だ？」

「最低三人。その先はわからない。どうにも地上のどこかにも通じてるみたい」

「穴空けたのか」

「たぶんね。第十区の上はそこそこ裕福な住宅地だから、黒幕もいるかもしれない」

「ふうん。で、俺に声を掛けた、と」

「まあね」

三人くらいならどうとでもなる。それ以上でも構わない。

ただ、相手の規模が大きくなると、一人では対処できない状況になる場合が多い。だから念のためアンゼルに相談した。

乗り気になればいい、渋ったら多少交渉して、それで無理なら他を探すつもりだった。

「おまえの見立ては？　どんな奴らだと思う？」

「たぶん外国人。チンピラにしては手際がいいというか、静かすぎる。他国の工作員かマフィアじゃないかな。アルトワールに詳しいアドバイザーがいるのは間違いない。こんな感じ」

「……面倒事の臭いがしねぇか？」

「その時はその時。とにかく盗みに、いや、様子を見に行こう」

「そうだな。報告の前に金目の物は貰っとくか」

さすが、話が早い。


地下下水路第十区で、幽霊に扮した男が三人出入りしている痕跡を見つけた。

それを追うように軽く調査をしてみた結果、通路の途中、壁一面にシートが掛けられた場所があったのだ。

立札があり「崩落注意」の文字が刻まれ、何らかの事故で壁が壊れた……という体で誤魔化してあった。

まあ、当然シートをめくるわけだが。

そこには、板で作った薄い壁が立てかけられている。

「ちょっと持ってろ」

めくったシートを渡される。そしてアンゼルが板壁を横へずらすと、そこには人が通れるほどの穴が空いていた。中腰になれば通れるくらい大きなものだ。

「この先だな？」

「ええ」

二人は躊躇なく穴を潜る。

しばらく歩いた先は、開かれた空間があった。

過去、ここを拠点にしようとした組織が作った広間だ。

その時の組織は潰れた。この空間も潰す予定だったが、せっかく頑張って作ったのだから何かしら有効利用できるのでは、という考えから残されたらしい。こういう場所が結構あるのだ。

どういう経緯でここを利用することになったのかはわからないが。

結果、結構正しく利用されていた。

――広間には、たくさんの大きな木箱があった。

密輸品である。

「へえ。中身は？」

「金属だった。何かの部品っぽい」

フレッサが調査したのは、ここまでだ。

午前中ここまで調査して、一度引き揚げたのだ。

「部品？」

木箱は等間隔に、綺麗に並べて積み上げられている。結構な量である。恐らく数は二百を超えているだろう。中身が同じ物かどうかは知らないが。

「そこ」

穴から広間に出て、すぐ近く。

目立たない下から二段目の木箱を指差す。

フレッサが調査した時、箱の横っ腹を壊して中身を確認したのだ。まだバレていないようで、壊した時のままだ。

アンゼルが壊れた木箱の中身を確認し、腕を組んだ。

「これって単船の部品じゃねぇか？」

「単船？」

というと、一人とか二人乗り用の小型飛行船か。

「……これ、密輸よね？」

「ああ、間違いなく密輸だな」

地下の闇の中、地図にない場所に、人知れず物資を運び込んで保管する。

つまり、どう考えても密輸である。

外国から非正規で入ってきて、ここに蓄えられているわけだ。

「単船の部品を密輸してるの？」

問題はブツだ。

密輸品と言えば、高級かつ貴重な物、あるいは国が輸入を禁止しているヤバイ物と相場は決まっている。法の目を掻い潜って危険を冒してまで密輸しているのだ、それ相応の旨みがないと割に合わないだろう。

なのに、密輸品は単船の部品。

珍しくも何ともないと思うのだが。これで儲けが出るのか？

「確証はない。でもたぶん単船の部品で間違いないと思う。……結構な貴重品なんじゃねえか？」

「うーん……どうする？　持って帰る？」

どんな金目の代物なのか、とわくわくしていたフレッサだが。

いざブツの正体を知って気が抜けた。高級品なのかもしれないが、所詮は単船の部品である。売値はたかが知れている。

この木箱の数だ。一つ一つがそれなりに重いし、二人では運び出すのさえ大変である。果たして労力と儲けが釣り合っているかどうか。

「密輸する理由がありそうだがな。禁制品か、あるいは新製品か。ただの部品じゃねぇ可能性は高いだろ」

「うーん」

密輸業者は、幽霊の振りをして地道にここに運び込んでいたわけだ。

単船の部品を。

大規模でやれば監視の目を抜けられないから、少しずつ、コツコツやっていたに違いない。

ここにある以上、表で取引できない部品だ、という予想は付く。

だが肝心のブツの価値がわからない。単船の部品と言われれば、そこまで高いとは思えないのだが。

「男の子は好きよね、飛行船とか単船とか。でも私は全然わかんないわ」

「俺の方が年上だけどな、おまえより」

アンゼルは木箱を一つ抱えて、戻した。

「結構重いしかさばるな。一度に三つくらいしか運べねぇ」

となると、だ。

今は隠密行動中だ。

「もう手っ取り早く済ませる？」

この密輸ビジネスに関わっている連中の目を盗み、潜入している状態である。

つまり、関係者を全員ぶちのめしてしまえば、このビジネスは総取りだ。あとは人を雇うなりなんなりすればいい。楽に運び出す方法はいくらでもあるから。

裏の仕事とは、そういうものだ。

隙を見せたら横取りされるし、強くなければ生き残れない。それが嫌なら法に則って表で商売すればいい。

悪は、より大きな悪に呑まれるものだ。

「相手を見極めてから動きたいところだが、もう時間がねぇな」

ナスティンから貰った調査期間は、五日。

そして今日が五日目だ。

報告すれば、このビジネスはナスティンから上に報告が行き、そちらで対処するだろう。

そうなると、フレッサたちには旨みがないわけだ。

理想としては、調査報酬の三百万クラムを貰い、更にここにあるブツを確保したいところだ。

価値はわからないものの、こうして宝の山には到着しているのだ。これを見て引くような裏の住人は、むしろ珍しいだろう。

「上に通じる穴ってのは？」

「あっち。梯子があるわ」

「上の様子を見てから決めようぜ。関係者は何人か、戦える奴がいるのか。その辺をはっきりさせてから――」

「――これ以上の邪魔は許さん」

異音。

アンゼルの言葉を遮るように入った音に、二人は即座に反応した。

言葉の意味を認識するより先に。

フレッサとアンゼルは同時に動き、別々の場所で木箱の陰に隠れる。しゃがみ、張り付き、周囲の状況を探る。

音……声の出所は？　低い男の声だった。だが人の気配はない。ここにはフレッサとアンゼル以外いない、はずだ。

緊張感が高まる。

「――さっきのネズミだな」

今度は言葉として認識できた。

さっきのネズミ。

フレッサのことだろう。単独で調査に入った時も見つかっていたわけだ。

恐らくは――。

「魔法使いだな」

「声は天井からね」

アンゼルの声にフレッサも答える。少々反響しているのでわかりづらかったが、きっと上からだ。

己の視界の外、遠くの景色を見る「遠視」。

そして音を送る「送音」か、そんな感じの魔法だろう。

――現代における魔法は、あまりスタンダードではない。

戦乱の時代では庶民の立身出世の一要素ではあったが、今や遠い過去のこと。

人には必ず魔力が備わっている。

が、魔法が使えるかどうかは別問題である。歴史の中に失われた魔法も多いし、習うにも多額の金が必要になる。逆に強力な魔法が使えたって、どこで何に使うのか、という話にもなる。

魔力が衰退していき魔法が使える者が少なくなった結果が現代、という説もある。

それに国柄だ。

アルトワールの魔法界隈は衰退の一途を辿っている。魔法映像の普及が難航しているのも、長く魔法が身近になかったからだ。

貴王国ハーバルヘイムなどは、今でも魔法教育が盛んだそうだが……。

――魔法使いは厄介だ。

魔法に疎い者にとっての魔法使いは、何が入っているかわからないびっくり箱のようなものだ。いきなり火が出たり、氷が出たり、それ以外が出たりするかもしれない。

それも、即死級の危険が飛んでくるのだ。油断などできるわけがない。

さて。

魔法使いに見つかった以上、フレッサたちは動けなくなった。

相手はここにはいない。

こうなるとどこが危険かさえわからない。魔法使いと戦う時は、とにかく本人を潰すのが一番早いし確実だ。下手に逃げるのも後が怖い。背中に魔法が飛んでくる。

息を殺して、周囲の様子を探ることに集中していると。

「――大人しく帰れ。今なら見逃してやる」

この期に及んで警告とは、お優しいことである。

まあ、騙し騙されて生きてきた裏の住人としては、裏を考えるばかりだが。

「行くぞ」

「ええ」

警告。侵入者を追い払う言葉。

言葉の裏を考えるなら――向こうは戦う準備ができていないから今は戦いたくない、という意味だ。

ここで魔法使いに時間を与えてはならない。

大人しく引けば、この宝の山は消えて、二度と会えないかもしれない。撤収する時間をくれてやるわけにはいかない。

「――馬鹿め」

フレッサとアンゼルは、引くどころか奥へと向かう。

それを察知し、魔法使いは苛立ち交じりに吐き捨てるような声を発した。

途端、いくつかの木箱が壊れた。

木箱を壊して飛び出した金属片――単船の部品が、二人目掛けて飛んでくる。数は百を超えているだろうか。

そこそこ重く硬いものだ。当たればかなり痛い。しかも数が多い。

「任せたわ！」

フレッサは、ここはアンゼルに任せることにした。

唸りを上げて向かってくる金属片を避けつつ、フレッサは足を止めない。

ここで止まるのは悪手だ。的になるだけ。ならば片方が囮となり、もう片方を自由に動かせる方が却って生存率は高くなる。そしてフレッサは的になるのは嫌だ。ヤバイ時は能動的に動きたいタイプだから。どしっと構えているのは性に合わない。

「おい！　後で憶えてろよ！」

そして、アンゼルもだいたい同じことを考えていた。

行かせるのは素早いフレッサの方がいい、この状況なら囮は自分だ、と。その方が生存率は高いだろう、と。

ただ、納得はしていない。

二人で来て、一方的に危険を押し付けられて、黙っていられるわけがない。

「バッカーニャ十年物！」

「五本だ！」

「三本！」

「四本！」

「わかった！」

話がついた。

高くつくな、と思いながら、フレッサは梯子を駆け上がる。

高級酒四本で取引した、アンゼルを残して。

――思ったより楽だ、というのがアンゼルの率直な感想だった。

引っ切り無しに金属片が飛んでくるが、あまり脅威になっていない。

「氣」を覚えたせいか、非常に緩慢に思える。

実際はそんなに遅くないし、まともに当たれば骨くらいは砕けるはずだが。

しかし、避けるのも楽だし、手のひらで受けて払うこともできる。

下手に避けたりして金属片……単船の部品が壊れるのは勿体ない。壊れなければ売り物になるから。

素早く動くフレッサより、足を止めたアンゼルの方が狙いやすいとばかりに、金属片はこちらに集中している。

まあ、囮役として機能しているようだ。

――この魔法使い、あまり戦い慣れてない。

ここまであからさまな囮に引っかかるようなら、フレッサの仕事も早いだろう。

「――調子に乗るなよ！」

軽く相手をしている感が気に障ったらしく、魔法使いが怒り出した。

「あ？　……おいおいマジかよ」

金属片が集まり出した。

何かと思えば、それは徐々に形を成していき――完成した。

単船だった。

自動組み立て式。そんな言葉が脳裏をよぎる。

目の前で、単船がいくつも組み上がっていき――アンゼルは納得した。

「だから密輸か」

バラして保管できて、自動で組み立てができる単船。

これは売れそうだ。アンゼルもちょっと欲しい。別に使い道なんてないけど。

少々癪だが、フレッサの言う通りである。

男はたぶん、いくつになっても、こういうのが好きなんだろう。

単船がアンゼル目掛けて飛んでくる。

大きいし重いものだ、当たれば致命傷を負うだろう。

当たれば、の話だが。

「手荒に扱うなよ」

敵ながら、という感じだが。

くれぐれも壁や床、あるいは船同士でぶつからないように操ってほしいところだ。故障はおろか、傷が付くのも避けてほしい。

そこそこ長い梯子を上り切り、金属製のハッチを蹴り開けて飛び出す。

「――侵入者だ！」

そこは薄暗い建物の中で。

木の棒なりなんなり、武器を持った五人ほどのいかつい男たちが待ち構えていた。

まあ、このくらいなら問題ない。

相手の正体は知らないが、実力はその辺のチンピラ程度だ。以前のフレッサでも問題なく勝てたが、「氣」を習得した今は手加減さえできる。

流れるようにぶちのめして、周囲を見る。

「……倉庫かな？」

そこそこの広さに、乱雑に置かれた工具やガラクタ類。家具などはないので家の中、というわけではなさそうだ。

地下下水路第十区は、そこそこ裕福な住宅街の真下である。なので住宅街のどこかだとは思うが。

いや、考察はいい。

意外と打たれ強いアンゼルだからしばらくは大丈夫だろうが、さっさと魔法使いを仕留めないと、後で小言がうるさいだろう。

明確に襲われた以上、フレッサたちの侵入はバレている。

ならば、もうまだるっこしいのはなしだ。

殴り込みを掛ける時である。

密輸の規模やコツコツコソコソしたやり方からして、あまり人はいないと考えられる。少なくともここには。

どこかへ繋がるドアを開けると、そこは外だった。大きな一軒家の庭先である。外壁があり、外とは隔絶された空間だ。

臭い地下から薄暗い倉庫、そしてまだ夕方の明るい外へと出てきた。

庭は荒れていないので、チンピラどものたまり場、という感じはない。

家主が黒幕か？

いや、その辺の疑問も今はいいだろう。

周囲に人がいないことを確認したフレッサは、素早く家の方へ向かう。

まだ外へ、壁の向こうへは騒ぎが広まっていないので、できることなら敷地内だけで完結したいところだ。特に憲兵に見つかったら最悪だ。法に則って全部根こそぎ持っていかれる。

堂々と玄関ドアを開けた——途端、目の前が真っ赤に染まった。

「あ、やべ」

火だ。赤くたぎる火が、すぐそこに迫っていた。

魔法使いの放った「火球」である。奇襲、不意打ちの予想はしていた。これも予想はしていたが……予想外だったのは、その大きさだ。

大きい。すり抜けて中に踏み込む隙間がないほどに。

そして——これは避けられない。

恐らく、爆発する火だ。

フレッサが避けたら、住宅地のど真ん中で爆発して、火の海が広がる。まあそれ自体はまだいいが、そんな派手な事故が起こったら、フレッサが何をしようとしていたかがバレる。確実にバレてしまう。

言い訳は思いつくが——ナスティンがこの件に付け込んで報酬を値切ることは、容易に想像ができる。最悪タダ働きになる。当然地下の荷も手に入らない。

だから、避けられない。

もちろん食らうわけにもいかない。当たれば消し炭になるだろう。

——瞬時にそこまで考えて、フレッサは覚悟を決めた。

素早くベルトを抜いて、仕込んでいた暗器の鞭を構える。

練習はしていたが、まだ一度も成功していない。手応えはある、それらしくはなってきている。しかし成功はしていない。

だが、やるなら今、この時だろう。

――「氣拳・打裂」。

ニアに「武器を使った技はないか」と聞いた時に、教えてくれた。

習得難易度こそ差はあるが、打撃武器であれば何を使ってもできるという代物だ。表面破壊を目的とした技で、言わば武器を使った「氣拳・轟雷」。ガンドルフが楽しそうに訓練しているアレと同じようなことができる、とか。

そしてニアは見せてくれた。

一番打撃武器っぽくない鞭でできるか、とフレッサが問うと――目の前でやって見せた。

ただの革製ベルトに等しい鞭で石を割り、瓶を粉砕し――空気を破壊した。

何も当てていないのに、強烈な破裂音を立てた……空気を殴って見せた、あの技。

あれなら、物質ではない火を、破壊できるはず。

ニアは言っていた。

鞭の打撃は先端、振って引いた時の返し――この一点に力と速度を込めろ、と。

「打裂」。

まだ一度も成功していないが、きっと成功は近いはず。

ならばここで成功させる。

土壇場に強い、己の可能性を信じる。

「フッ――」

「氣」を込め、鋭く息を吐き、上段に構えた鞭を振り――迫る「火球」に触れた瞬間、全身全霊で鞭を引いた。

パァン！

この音だ！　ニアが見せてくれたあの時の……と思ったところで、

「あちっ！　あっつ！」

四方八方に飛び散る火が当たって、反射的に地面を転がる。

「火球」の破壊には成功したが、綺麗に霧散とはいかなかったらしい。少々飛び散ってしまった。

だが、まあ、爆発よりはよっぽどマシだ。ちょっと当たっただけなので火傷もしていない。玄関周辺は少々焦げたところもあるが、まあ、幸い火事になるほどの被害も出ていない。

「なっ……くそ！」

男の声に、フレッサは我に返った。

危機の回避、初めての「打裂」の成功。

いろんな感情が渦巻くが——今はとにかく魔法使いの確保だ。

「——来るな!」

焦げた玄関の奥に、魔法使いがいた。

黒ローブのいかにもな魔法使い、というわけもなく。その辺にいる一般人みたいな特徴のない、同年代くらいの青年だった。

廊下の先から火を飛ばしてきた魔法使いは、「火球」をやり過ごしたフレッサへ叫ぶと、更に奥へと踵を返す。

もちろん、追わない理由はない。

というか逃がすわけにはいかない。

周囲の気配を探りながら慎重に、しかし急いで後を追う——と。

ドガン、と廊下の横手から、閉まったドアが勢いよく飛んできた。フレッサが通ろうとした瞬間である。明らかに狙い撃ちしてきた。

「——よっと」

予想済みである。

先の「火球」があっただけに、より強く警戒していた。

露骨に逃げて、追わせて、途中にトラップを置く。よくある手だ。

「あれ？　もしかして堅気かな？」

危なげなく回避したフレッサが、ドアをなくした部屋を覗くと　杖を構えた女が立っていた。

同い年か、少し年下くらいだろうか。顔色が悪く、向けた杖先が震えている。明らかに荒事には不慣れ、戦いに慣れていないという感じだ。

魔法使いは二人いたようだ。

「やる？　殴っていい？」

一応聞いておいた。

やる気まんまんなら有無を言わさずぶちのめしているところだが、彼女はどう見ても怯えている。

「……や、やんない！」

女は激しく首を左右に振る。

「そ。じゃあそのまま動かないでね。部屋から出たら怪我するわよ」

釘を刺しておき、改めて奥へ消えた男を追う。

――魔法使いが二人。

戦力としては悪くないが、どちらも荒事に慣れていないというか、実戦経験が乏しいように感じる。

まあいい。

ここまで来れば、それも関係ないことだ。

「終わったか？」

その後、大した抵抗もなく、奥に消えた魔法使いに追いついて殴り倒して捕獲。そいつを引きずり、震えあがって待っていた女を連れて、倉庫まで戻ってきた。

なお、さっき避けた火は、焦げ跡だけ残して消えていた。火事は怖いので幸いである。

倉庫には、煙草を吹かすアンゼルがいた。

フレッサが魔法使いに接触したところで、下での攻撃が止んだのだろう。だから追ってきたのだ。

「こいつとこの女が魔法使い。これで全員」

無論、家にいない仲間もいるかもしれない。特に外国からの密輸なら、仲間は外国にいる可能性は高い。

背景がわからない。どれだけ大きな組織かも、権力者が絡んでいるかもわからない。

だが、そこまでは知る必要はない、かもしれない。

「おまえらの責任者は？」

アンゼルが震えている女に問うと、彼女はフレッサが引きずってきた男を見た。

「こいつか。なあ、こいつが魔法使いか？」

フレッサは「そう」と頷き、怯える女を見た。

「そう怖がらなくてもいいわ。こっちは取引がしたいだけだから」

「と、とりひき、ですか？」

「そう。私たちの目的はお金、さしずめ地下の荷物全部ね。引き渡すなら、あんたたちは全員見逃してもいいわ。これ以上何もしないし、何も聞かない」

――フレッサたちとしても、大事にして得はないのだ。

彼らの命を貰っても金にならない。裏の連中に引き渡しても二束三文にしかならないし、それどころか全部持っていかれる可能性まである。

外国の組織と揉めるのも面倒だし、これ以上関わるのも面倒臭い。

アルトワールの裏社会が欲しいなら、侵略すればいい。その時はフレッサたちが出る幕もなく、アルトワールの闇が相手になるだろう。

「言っとくけど、これでも軽傷よ。

ある程度のお金で全て解決するなら、本当に安いわ。密輸は失敗、目撃者の排除も失敗、この国の法にも触れてるし、マフィアにバレたら全員殺される。そっちの組織のことも今回は聞かないであげる。

ここにあるもの全て捨てて国に帰るなら、全部見逃してもいいわ」

というか、そうしてくれると一番嬉しい。

後の面倒がなく、金目の物を手に入れることができるから。そしてフレッサたちが一番儲かる形だから。

「まあ何にせよ、小悪党二人に潰される程度の密輸事業だもの。ここで潰れなくても成功しなかったと思うけどね」

◆

「――ご苦労さん」

調査五日目の夜。

アンゼルの酒場にやってきたナスティンに地図を返し、フレッサは地下下水路調査の報告をした。

今回も大した報告はないので、他の客がいても話せる内容である。

唯一あったのは、「第十区の壁が壊れていた」ことだけ。

「壁の崩落か。ほかには？」

「特には見つからなかったわね。寒いから宿無しも少なかったし」

「わかった。金は後日な」

手短なやり取りを終えて、フレッサは仕事に戻る。

――密輸品はもう運び出したし、魔法使いたちは今頃飛行船で海外の空だろう。名前も知らないし組織も知らない、どこの国の者かも聞いていない。

これでいい。

面倒なことには関わらないし、深入りする理由もない。目的はあくまでも金だ。

あとは、落ち着いたらブツをさばくだけ。

価値はわからないが、期待はある。

なんでも、自動的に組み上がる最新型の単船なんだとか。今まで聞いたことのない技術だ。きっと高く売れるだろう。

――これで、出稼ぎに行けなかった分の穴埋めができる。

今はこれでいい。

もっと「氣」を練磨すれば、いずれ大型魔獣だって狩れるようになるだろう。

実際ニアはやっているのだから。

あとがき

フィギュアは沼、軽い気持ちで手を出したことを少し後悔。

こんにちは、南野海風です。

2024年の二月末、このあとがきを書いています。

五巻ですよ。五巻と言えばアレですよ……とだらだら書きたいところですが、今回はあとがきの余白が非常にタイトでして。お礼の言葉と報告だけさせてください。

イラスト担当の刀先生、素敵なイラストをありがとうございました。

今回も表紙イラストがいいですね。幼女好きの老若男女が「おっ」という感じで目を止める様が目に見えるようです。

コミカライズ担当の古代先生、いつも面白い漫画をありがとうございます。コミックス三巻出ましたね。リノキス↓リーノのメイクアップ具合がすごいですよね。あれはたくさんある見所の一つだと思います。まだ見てない人はチェックしてみてね！

担当編集のSさん、今回も大変お世話になりました。

この巻、実は書き下ろしが多めになっています。本編のページが足りなかったからです。足りない、って怖いですよね。私もちょっと怖かったです。書けなかったらどうしようかと思いました。思いのほかすらすら書けて助かりました。お互い危なかったですね。

Sさん並びに関係者の皆さん、ありがとうございました。

最後に、読者の皆さん。

五巻も続きました。皆さんのおかげです。

先に書いた通り、今回は書き下ろしがかなり多めになっております。どこかでキャラの掘り下げはしたかったので、作者的には満足しております。楽しんでいただけたら作者も嬉しいです。

ありがたいことに六巻も出るらしいです。六巻ですよ。六巻と言えばアレですよ……と、次こそ書けたらいいなぁ。

それでは、また六巻で！

HJ文庫 1155 https://firecross.jp/

凶乱令嬢ニア・リストン 5

病弱令嬢に転生した神殺しの武人の華麗なる無双録

2024年4月1日　初版発行

著者―― 南野海風

発行者―松下大介
発行所―株式会社ホビージャパン

〒151-0053
東京都渋谷区代々木2−15−8
電話　03(5304)7604（編集）
　　　03(5304)9112（営業）

印刷所――大日本印刷株式会社

装丁――小沼早苗（Gibbon）／株式会社エストール

Printed in Japan

ISBN978-4-7986-3504-0　C0193

ファンレター、作品のご感想お待ちしております

〒151−0053　東京都渋谷区代々木2−15−8
(株)ホビージャパン HJ文庫編集部 気付
南野海風 先生／刀 彼方 先生

アンケートはWeb上にて受け付けております

https://questant.jp/q/hjbunko

- 一部対応していない端末があります。
- サイトへのアクセスにかかる通信費はご負担ください。
- 中学生以下の方は、保護者の了承を得てからご回答ください。
- ご回答頂けた方の中から抽選で毎月10名様に、HJ文庫オリジナルグッズをお贈りいたします。